沖縄病末期病棟の朝《Ashita》
―不安神経症者の散歩
田中秋陽子《Akihiko Tanaka》

ウインダミア湖の船着き場　油彩 F10号

グラスミアの橋　油彩 F10号

ローテンブルクの塔　油彩 P10号

水を飲む　油彩 F10号

陽を浴びる城門　油彩 P10号

ベルンの時計塔　油彩 P10号

沖縄病末期病棟の朝——不安神経症者の散歩

目次

第二部　不安神経症者の散歩　195

読者様への大切なご注意（はじめにに代えて）

幸いにしてまだご健康な方、すでに沖縄病を発症された方、また、不幸にも末期症状の方に対し、あらかじめこの拙書の危険性について述べておく必要があります。


あなたはこの本をお読みになるがいいでしょう。あなたはきっと後悔します。

あなたはこの本をお読みにならないほうがいいでしょう。あなたはきっと後悔します。

今、この本を手にしてしまった以上、あなたの選択肢は二つだけしかありません。

この本を読むか読まないかなのですが、いずれにしてもあなたは後悔するでしょう。

これはキルケゴールの有名な著書の一部、「あれか、これか、忘我の演説」をもじったものです。今、あなたは幸か不幸か、この本に巡り会ってしまった以上、この皮肉な逆説から逃げられません。

別に大した問題ではないじゃないかと思われる方は、失礼ながら、心の問題に関心が向いてないか、興味をそそられない問題からの逃避型の方かもしれません。あるいは、この拙著はあなたには不向きな本、場違いな著作にすぎないのかもしれません。

いずれにせよ、キルケゴールはこの比較的短い論文の中で、この矛盾撞着《どうちゃく》から逃れられる方法を、まるで人を食ったような口ぶりで、しかも謎めいた言葉で説明しています。ヒントは「忘我」というキーワードに隠れているので、興味のある方は答えを探してみてはどうでしょう。

この本の危険性は、本来意識することさえなく、考える必要性すら金輪際《こんりんざい》ない事柄に、不覚にもとらわれてしまうという状況を、幸せな生活を送っている方々にもたらし、「考えたら夜も眠れない症候群」を発症させる可能性が少なくないからです。

しかし、それにもかかわらず、この危険性を含んだ文章を目にすることが昨今の人々には必要となっているといっても過言ではありません。

というのも、実は多くの方々が、誤った多くの思い込みの中で生活し、そのことに疑問さえ覚えず、本来取り組むべき問題とは方向違いの事柄・関心事に貴重なエネルギーと時間を注ぎ続け、結局、錯覚したまま人生の幕を降ろしてしまうというケースが多いからなのです。

このことは、所得のランク、生活水準のレベル、生活環境の相違などとは関係なく、つまり貧富の差を超えて「公平に」人々が陥る可能性を持っています。現代社会においては、誰しもが心の空虚感、あるいは程度の差こそあれ自己喪失感に苛《さいな》まれているといっても言い過ぎではないでしょう。その心の虚しさを抱えたまま、人間としての限られた生存期間、死に向かって正確かつ確実に過ぎ去っていく時間の中で、それでもなお、自分自身に目を向けるいともないまま、社会の構成員として生きることを余儀なくされています。これが紛《まぎ》れもない現実です。

このことに、自分自身で気づき、考え、いかにこの得体の知れない現実という時空《じくう》を生きるべきかという命題を完成させること、あるいは、たとえ完成に至らなくとも、最後まで自分自身の判断で人生の舵をとり、前向きに生き続けること、このことが何より重要なのです。

私自身が、心身ともに病み、また、友人の言語に絶する苦悩と闘病生活を目の当《ま》たりにさせられ、否応なくこのことに気づかされました。そのとき、自己喪失の果てで手にした経験と逼迫《ひっぱく》の彼方《かなた》で得られた知識、そして、友人が遭遇した筆舌に尽くしがたい貴重な体験を分析し、その結果を踏まえ、この本を執筆する決心をしたものです。

日頃一般の方には馴染みのない哲学や心理学、宗教学、精神病理学、大脳生理学、量子力学、理論物理学、また、「禅」に関する考察、芸術論などのほか、たまたま作者が都道府県職員であったことから体験した精神病院の実態などがここかしこに登場します（公務員の守秘義務を遵守し、いっさいの固有名詞、身元、対象がわずかでも推定されうるようなすべての情報的要素を排除していますｂ)。

専門性の高いトピックについては、分かりやすさを心がけ、言葉のバリアフリー化を目指しましたが、日常生活ではお目にかからない難しい概念などに出くわした際に、理解しようとするための努力などいっさい要りません。特殊な用語など理解いただかなくとも一向にかまわないのです。読むに耐えない事実については強いて読む必要もありません。

私はこれを、文章の中のオリエンテーリングと呼んでいます。たとえ、指定地点を通過せずにスタンプが押印されなくても、時間内でゴールに到着できなくても野宿の心配はありません。どんなに迷おうともいつもの寝床は確保されています。急ぐ必要などないのです。

GPSもなく、深く暗い沢の中を歩もうとも、この本全体がマップになっています。あなたが渡された地図には勿論ゴール地点も書かれています。ただ、この地図を手にした誰しもに、一枚として同じ地図はないのです。迷うのが前提の地図です。

そして、あなたはゴールを目指します、マイペースで。あなたが手にした本は、あなたを楽しませるかもしれませんし、悩ませるかもしれません。ただ、あなたが本来目指すべき方向に前進できることだけは確かです。多くの方々は今、立ち止まっているか、あるいは見当違いの方向に向かっているからです。

もちろん皆さんご承知のとおり、「沖縄病」は病気などではなく、沖縄にほれ込み、沖縄を愛し、その度合いがまるで熱病にうなされているかのように見えるため、ほほえましい気持ちを込めて生まれた造語です。それはこの著作では象徴として表れます。愛すべき沖縄病を病に見たて、これを端緒《たんちょ》、取っ掛かりとして話を進めていきます。

この本は、そんな一冊です。ですから、読み終えられて、ゴールに到達できなくとも、あなたの気持ち次第で二度目、三度目のトライアルは勿論可能です。この現実のRPG（ロール・プレイング・ゲーム）には時間制限がないからです。

拙著が扱う相手は強敵です。善戦の果てに、ゴールがハッキリと視界に入る地点に立てなかったとしても、それでも、ただ「自己の置かれた事態に気づいて」いただくだけでも、私にとっては望外の喜びなのです。あなた方が全力で臨めるよう、私も妥協を許さず、私に与えられたわずかばかりの思考能力に鞭《むち》打って書き込みました。

その想いの一片のかけらでもお感じいただけたならと心から望んでいる次第です。

第一部　沖縄病末期病棟の朝《あした》

イヤな唾液《だえき》が浸《し》みだしてくる。金属イオンのような味と匂いがする。コイツは、あとからあとから浸みだしてくるので、何度もゴクンと飲み込む。これが悪循環をつくりだす。同時に空気を胃に送り込むものだから、胃袋はふくらみ、心臓を押し上げる。呑気症《どんき》だ。

このあたりから、心臓の拍動が速まりだす。同時に筋肉が、背中のあたりからなのだが、こわばりはじめる。筋肉の緊張は、瞬《また》く間《ま》に全身に広がっていく。心臓も筋肉なら、肺を広げる横隔膜《おうかくまく》も筋肉だ。心筋は、内蔵では唯一、骨格筋と同じ横紋筋《おうもんきん》でできている。だが、人間の意のままにならない不随意筋《ふずいいきん》である。

この心臓はカルシウムイオンの反応により動いている。心臓が暴走しているのは、どう考えてもこのカルシウムイオンが異常を起こしているとしか考えられない。

人間の心臓を、これほどまで激しく動かしているパルスはどこから出ているのか。一つは心臓固有の発信器である。だがこの暴走は解《げ》せない。不随意筋である心筋は、意思とは無関係に、運動量に応じた理想的なリズムでオートマチックに動いているはずだ。意思とは違った何者かがパルスの間隔を自由に操っているに違いない。そしてその何者かは明らかに私の中にいるのだ。

　そいつは何をたくらんでいるのか。ヤツと結託してあの例外状態をつくりだし、ヤツに引き渡そうとでもいうのか。そうではあるまい。私の中にいるその何者かが私を苦しめて、あるいは死に追いやって何の得があるというのだ。私が死ねば、その何者かも消滅してしまうのだから。

　心臓は無意味な緊張から加速し続ける。肺は収縮され息をしぼり尽くす。横隔膜は固まり、肺が広がるための陰圧をつくりださない。もはや呼吸は成り立たない。

　全身緊張、一分間に二〇〇回を超える鼓動、呼吸困難、気も狂わんばかりの不安感と死の淵に立たされたかのような恐怖感。そして、ヤツがやって来るのが感じられる。すぐ背後にだ。

　だが、実はヤツはまだはるか彼方《かなた》にいる。私は歩き回る。ひたすら歩き、逃げ続ける。ひとたび歩みを止めれば、たちまちヤツの餌食《えじき》になるからだ。

　心拍は歩き回る運動には不必要なほどフル回転している。陸上の八〇〇メートルを全力で走っているわけではないのだ。歩くという運動以上に心臓はポンプ機能を満開にしている。拍動は何度か空回りし、あるいは一瞬止まり、二、三回分の拍動を省略したりする。つまり歩くために脚の筋肉に血液を送り込むために動いているわけではない。

　心臓は、体の運動とは無関係に全速で拍動しているにすぎない。脚の筋肉への血液補給には十分すぎる。有り余った血流は、一部は脳に充満して感情を暴走させ、一部は不要な筋肉を異常に緊張させ、一部はあらゆる内臓の血管を駆け巡り、一部は全身の毛細血管を膨張させる。

全身の自律神経は異常な電流を体の各部所に流し続け、ありとあらゆるホルモンが放出される。心身の機能は各所でシステムエラーとなり、その先には「植物性例外状態」が待っている。


私は、友人の体験談の一部を読み返していた。心臓神経症・パニック障害に陥った人間の大部分が体験する症状だ。実は、私も二度体験している。一度目は学生時代、帰省していた正月に起こった。一晩苦しみ抜き、朝、やっとの思いで症状を父親に伝え、一般の救急外来に連れて行ってもらった。正月でごった返す内科の窓口で、「せがれの心臓が止まるかもしれない。止まったら最後だからすぐ看てほしい」と大声で嘆願していた親父《おやじ》の横顔を覚えている。

二度目は、社会人となり勤務時間の終了のチャイムが鳴った直後だった。このときは救急車で運ばれて、職場をはじめあちこちで大騒ぎとなった。国への申請事務で何日も不眠不休が続いたときのことだった。

このときの思い出は、症状についてはまったく消え失せていて、代わりにパニック障害の患者が最も恐れる光景が現実のものとなったという記憶だけがこびり付いている。それは、未だにあの一件は単なる夢にすぎなかったのであり、誰も目撃などしていなかったし、人々の記憶の中にも残っているはずがないではないかという空《むな》しい願望とともに記憶の中に留まり続けているのである。

パニック障害の患者にとっての最悪のシナリオとは、外出時の人混みの中での発作、つまり、文字どおりパニクり、呼吸困難、心臓の暴走、今にも死ぬような恐怖感に襲われ、心身ともにコントロール不能なほどに取り乱し、大騒ぎし、あるいは倒れ込んで地べたでもがき苦しみ、数えきれないほどの視線にさらされる、という強迫的な予期恐怖なのである。

私は、もうすぐ消灯時間を迎え、患者たちが就寝の準備に入った病室の中で、寝つくには刺激的すぎる記憶を呼び戻したことに苦笑いした。

「今さら、もう、どうでもイイじゃないか」と変えられない過去を、諦念《ていねん》ともいうべきヤケな気分で、捨て去るように心の中で一言つぶやくと、横向きになり、目を閉じた。

1　沖縄病末期病棟はどこにあるのか

沖縄病末期病棟など聞いたことがない。この狭い日本のどこにあるというのだ。でまかせの冗談に付き合っている暇などないんだよ。確かにおっしゃることは当然の疑問というべきであろう。ほんのしばらくの間、お耳を拝借願いたいと思う。

まさしく狭い日本である。アメリカ合衆国の広さは日本の約二五倍にあたる。そこに地方公共団体として、市、郡、町などがあるわけで、国土があまりに広大なため、結果的に五〇の州からなる合衆国となっている。民主主義の大元のような国なので、ご存じのとおり州ごとにその実態に合った法律を制定している。

一方、日本に目を転ずると、この狭い国土にアメリカに匹敵する四七の都道府県（州）がある。これは、明治四年一一月二〇日に施行《しこう》された廃藩置県《はいはんちけん》によるもので、江戸時代の各藩がほぼそのままの形で都道府県に移行されたためである。いわば私たちは江戸時代の藩の区分けの中で生活しているようなものだ。

平成の市町村大合併により、私が住んでいる山梨県では、六四市町村から二八市町村（平成二〇年度末現在）に減少したが、この県の面積、人口、財政規模などから、まだまだ多いのではないかと思われる。

日本全体では、一八〇〇の市区町村がある。これも合併後の数字である（平成二〇年度末現在）。

では、その病棟について説明したいと思う。

（1）末期病棟はここにある

あなたは、先ほどから、こう思われているのではなかろうか。沖縄病末期病棟など実在するはずがない、単なる著作の名称のための造語にすぎない、と。

しかし、あなたのご想像に反し、この病棟は実在しているのである。証拠として住所と建物の特徴をお教えしよう。

住所　山梨県内で、私が小学校に入学した頃、木造平屋建ての駅舎に、駅名の表示が右側から読んで「かふふ」と書かれていた市に所在している。その駅から車で一〇分程度の場所である。駅前の大通り（「平和通り」）を車で三分ほど南に向かい、交差点を右折してしばらく行った左側にある。近くには「ミレー」とバルビゾン派などで有名な県立美術館、芥川龍之介やその芥川に憧《あこが》れ、また、甲府市北部の御崎町（現朝日、美咲界隈《みさきかいわい》）に一時住んでいた太宰治などの貴重な資料を展示している県立文学館がある。緑も多く、環境としてはまずまずと言えるだろう。

特徴

レンガづくり三階建て、竣工は昭和二年、ちなみに私の父親の誕生した年である。関東大震災直後に設計施工された建物なので、地震には強いはずだと皆信じている。独特の佇《たたず》まい、東京からも至近なことから、数々のドラマのロケ地にも利用されている。そのたびに我々入院患者にとっては、よい刺激にもなり、同時に張り詰めた雰囲気を感じて、神経質になったりもするのである。

① 病棟の案内

病棟の説明に移ろうと思う。

「末期病棟」という名称から、入院前の私には、まずロシアのノーベル賞作家ソルジェニーツィンの『ガン病棟』が連想された。彼は、実際に一九五五年頃「腫瘍」の治療のため入院生活を体験している。この頃に私が生まれたのであるから相当古い時代の話である。治療法も現在とは雲泥の差があったであろうし、旧ソ連の地方の古びた小さな病院である。ガン病棟行きを医者から指示されたなら、死の宣告に等しかったわけで、結果、「末期病棟」、「ホスピス」などがいやでも連想される。

主人公のいない小説であるが、登場人物としてはじめに現れる患者は、旧ソ連の中ではそこそこの財産家であり、ある程度顔の利く人物であった。しかし、悪性腫瘍の進行が早すぎるため、モスクワの病院の手配が調《ととの》うまで待てなかったわけで、最悪の入院生活を余儀なくされたのである。

彼は一三号棟への入院が決まった。通常の病院なら誰からも忌み嫌われる番号の病棟である。決して迷信家ではないといわれる彼でも、胸の中で何かが崩れるような気がしたと書かれている。

その病棟をはじめて見た彼は、この病院の何もかもが不愉快になった。というのも、待っていた二人の看護師が、洗いざらしの不潔そうな白衣を着ていたことを皮切りに、患者たちの行き来ですっかりすり減ったセメントの床、患者たちの手につかまれて光沢を失ったドアの取っ手、塗料のはげた待合室の床、薄板を継ぎ合わせた大きな粗末なベンチ、それも人々で押し合いへし合い、遠くから来たと見られる患者たちは床に座り込んでいたというあんばいだったからである。

これは、当時実際にソルジェニーツィンが見た、そして入院した病院だったのであろう。

現在でさえ、ある意味ロシアは当時の状況を引きずっているといえる。ゴルバチョフは、書記長就任後わずか五年で冷戦を終結させた偉大な尊敬できる人物だ。「ペレストロイカ」、「グラスノスチ」が、疲弊《ひへい》していた東欧諸国に与えた影響は大きなものがある。彼は当然のことながらノーベル平和賞を受賞した。真にその価値のある人物である。

しかしながら、いろいろなメディアを通して目にする現在までのロシアの状況は、少なくとも地方の都市に行けば行くほど近代国家とはかけ離れた状況であることが少なくない。少なくとも私にはそう思える。プーチン元大統領は、強いロシアを実現しようとするあまり、中央集権化が度を超してしまい、周囲と要職を同僚の元ＫＧＢ職員で固めることだけしか頭にないようにさえ思われるくらいである。

帝政ロシアを滅ぼしたラスプーチンのようにならなければよいのであるが。ラスプーチンは、その暗殺の企てから、青酸カリ入りの夕食を食べたがなぜか死なず、食後の礼拝中に背後から二発の銃弾を受けながら、無事に外に脱出し、川まで追い込まれた地点で多数の銃撃を浴びた。川に落ちたところで、注意深くこの怪僧の死体が引き上げられ、検死に移された。判明した死因は溺死《できし》とのことであった。

ところで、拙著では、このように本筋からやや逸《そ》れた記述が登場することがあるが、これは筋書きの一部なのだと良い方にとらえていただきたい。「巧みな表現や芸術性は、しばしば作者の意図とは別に、偶然によって作られる（キルケゴール）」からである。つまり、意外な場面展開や、内容、表現が現れたとしても、その偶然が、私などの望み得ないほどに効果的にはたらく可能性があるからなのである。

プーチン、ラスプーチンとくれば、ロシアと「プー」つながりで、バランス上、良いイメージだけがあるプーシキンを登場させる必要性がある。プーシキンといえば、ロシア最高の詩人である。「ルスランとリュドミラ」という長編詩は、初期の作品ながらすばらしい。この詩を基に台本が起こされ、グリンカが作曲した同名のオペラは有名だ。

結局、波乱万丈ながらハッピーエンドを迎える作品にふさわしく、有名なその序曲はなんだかユーモラスで、面白いというより、一種の「可笑し味」がある。

来日して、N響相手にこの曲を指揮したロシアの指揮者ゲンナジー・ロジェストヴェンスキーが、笑みを浮かべ、タクトを三六〇度振り回しながら指揮していたのを覚えている。もちろん、こんな余計な話などプーチンとは何の関係もないのであるが。

プーチンの国家施策は強いロシアの構築のため、強度の中央集権化を行った結果、くだんの精神病院拡充施策、特に地方都市におけるその世策は進展を見ぬまま放置されている可能性が高いということである。つまり、新生ロシアの強国化施策の中では、有能な人材の育成が重要なのだ。

「国家百年の計は人を栽《う》うるに如《し》くなし（管子）」（国家百年の計は教育にありの意）、国家の長期的な重要施策とは教育、人材の育成である。新生ロシアには、役に立つかどうかも分からない、精神を病んだ人々に、まだまだ低い国家予算をさけるだけの余裕はないのではなかろうかという悲観的な考えが浮かぶ。

しかし、今の私には、ロシアの、とりわけ地方都市における精神病院は、ソルジェニーツィンの時代よりは少しはマシなしろものにはなっているだろう、是非ともそうであってほしいと推測するのがせいぜいなのである。

付け加えるなら、ただ名前が似ているというだけで登場したプーシキンは、自分の詩の台本化に参加しようとしたが、その頃、政治とのっぴきならない関係にあったため、つまらぬきっかけから決闘により命を落とした。

が、プーチンは安泰であろう。なにしろ粛清《しゅくせい》に粛清を重ねた結果、自分の周囲を信頼のおけるお気に入りによって固めているからである。

話を本筋に戻すと、私は精神病院のカテゴリーに入る病院で、入院生活を送りながら、日本に生まれたことの幸せを実感している。たとえ、病気の原因たる「沖縄」が日本の紛れもない、しかも私の愛してやまない都道府県の一つであるにせよ。

さて、ソルジェニーツィンのこの小説に登場する地方の総合病院において、ガン病棟は一三号棟という設定になっている。実際そうであったのか単なる作家の意図的な創作なのかは分からない。一方、私が入院している病院は、精神科、心療内科系の専門病院である。神経痛などの治療を行う神経科はない。

一号棟に相当する管理棟をかねた建物は一般外来専用である。二号棟、三号棟はいわゆるうつ病の入院施設だ。うつ病と一口に言ってもその中身はいろいろで、いわゆる一般的なうつ症状の患者から、昔では神経衰弱と呼ばれた精神的な疲弊した患者に、仮面うつ、躁うつ病、心臓神経症いわゆるパニック障害など多彩である。

中でも躁うつ病の場合、うつ状態では抗うつ剤で気持ちを下から持ち上げてあげれば改善されるものの、躁状態ではかえって気持ちの高ぶりに拍車をかけてしまうことになる。そのつど医師の的確な処方が欠かせないから一番厄介な症状なのかもしれない。この躁うつ病の外来患者の場合は抗うつ剤などはいっさい出さず、精神安定剤が処方されている。

私が入院している病棟は四号棟である。何だか日本人には心に引っかかる番号ではあるが、私もまた迷信家ではないので一向気になどしてはいない。この病棟は、かつては統合失調症（旧名「精神分裂病」）の患者のためのものであった。今ではそういった重度の患者はこの病院では扱っていない。ほかの病院に分散して転院したとの話である。

その代わり、近年一挙に急増した「沖縄病」患者で溢れかえっているという状況なのである。中は改装されていて壁などまだ新しく、床はカーペットで敷き詰められている。以前あった拘束《こうそく》室、独居房《どっきょぼう》などは面影もなく、きれいに改装されている。開放病棟といわれていた箇所は、居心地のよいオープンスペースになっているのである。

②病棟は沖縄の音楽であふれている

さて、この病棟では常に沖縄の音楽が流れている。

それは、複数の病室から、というより、複数の病室の複数の者がCDを聴いているのであって、相溶け合い、音楽というより沖縄の音と化しているかのようである。その環境音楽のようなBGMが、早朝から就寝時刻まで心地よくこの病棟に溢れかえっている。驚くにはあたらないが、この病棟のほとんどの人が三線《さんしん》を弾《ひ》く。その腕前たるや玄人跣《くろうとはだし》である。私は三線に大いに興味があるが、結局弾いていない。

三線は、唄が主体でその伴奏楽器であるという私の思い込みから、また、私自身は、沖縄の唄などまともに歌えるだけの歌唱力に恵まれていないことを重々承知しているので、弾くのはギターである。これなら、メロディをギターに歌わせながら、同時に伴奏もできる。だが、どうみても沖縄には似合わない楽器である。しかし、私にはギターで十分である。

三線とギターという楽器の違いはあるが、それでも、ソル、タルレガといったギターの天才を輩出したスペイン人の明るく、のんびりした性格は、沖縄の島人（シマンチュ）と似ていなくもない。

三線の弾き方はギターでいうアヤポンド奏法であって、つまり、ほかの弦に触れないように弾くアルアイレ奏法と違い、弾くときには指をその弦の隣の弦にぶつけるように強く弾ききるため、大きな音が出せる。野外で皆が踊る雑踏の中では大きな音を出せることが必要なのだ。

私が持っている沖縄に関係する楽器は「海音」の笛である。シオン（Sea-on）という響きがいい。これは、あるテーマ施設の一番奥のみやげコーナーの入り口で販売している。以前は単なる竹筒にすぎなかったが、近頃では漆塗りバージョンが登場し、早速短めで音の出しやすいものを買った。

フルートが吹ける人でも吹きこなすにはかなりの練習が必要だ。機械式のバルブなど勿論ない。一本一本自然の竹を切り出し、穴を開けただけのものである。しかし、この笛をつくっている工房の技術力は高く、一つとして同じ長さのものがない自然の竹筒に、きわめて正確な音階が出るよう穴を開けている。音の出し方、音色も独特で、極め甲斐のある楽器である。欠点といえば、三線と異なり琉球固有の楽器ではない。けれども沖縄でつくられたこの楽器を私はこよなく愛している。

入院の際、問診と希望調査があり、性格や嗜好《しこう》、症状の進み具合が似通った者を同じ病室に振り分けるようになっているため、私の同居人たちと私の趣味というか嗜好は近いものがある。私も沖縄関連のいろいろな曲を聴くが、すでに周囲に沖縄の音楽というか溶け合った音が溢れているので、クラシックのほかイーグルスなどをヘッドホンで聴いたりしている。

イーグルスは、カントリーでデビューし、メンバーが一人入れ替わるたびにジャンルが変わり、最後はハードロックに到達した。曲もさることながら、一つのバンドがこれほどまでに変貌《へんぼう》していく例はなく、各時代のイーグルスは、それぞれに魅力的な楽しさを与えてくれる。タレントなどが、行き当たりばったりで一般家庭に宿泊するテレビ番組がある。そのオープニングには、イーグルスの「Take it easy」（気楽に行こうぜ）が流される。デビュー当時の古い曲だが、カントリー調の癒しに充ちた曲だ。

清里のRというレストランをご存じであろうか。清里が今日《こんにち》ほど一大リゾート地となるずっと以前、山小屋風のログハウスの喫茶店であった。名物はカレーで素朴な味ながら美味しかった。清里のカフェの草分け的存在であるが、当時から一日中イーグルスの曲が流れていた記憶がある。今や自家製の地ビールも味わえる立派なレストランとなったが、訪れるたび、やはり流れてくる曲はイーグルスである（近頃では、ビリー・ジョエルも聴いたが）。

クラシックは小学校の頃から聴いているが、決してオタクではない。クラシックオタクと呼ばれる人たちは、概《おおむ》ねクラシック以外のジャンルを聴かないか、あるいは、ほかの音楽ジャンルと明確に一線を画す気持ちを持っている。一方、私は、あまりにも長く聴きすぎたので、飽き飽きしている。聴くのは主に近代フランス音楽以降の軽い曲である。

フォーレ、ドビュッシー、ラヴェル、サティなどといったところだ。聴くたびに思うのだが、ドビュッシーはやはり天才だ。ピアノ曲は広く親しまれているが、「弦楽四重奏曲」こそこの天才のすごさをもの語る。私は、ラ・サール四重奏団（本来は現代音楽を得意としている）の演奏で聴いたのだが、曲、演奏ともに「神業《かみわざ》」という言葉がもっともふさわしい。

ラヴェルはフォーレの生徒であるが、有名な「亡《な》き王女のためのパヴァーヌ」は、師フォーレのパヴァーヌから主たる曲想を得ていること（瓜《うり》二つである）、また、逝《い》ける王女について、本人は「単なる修辞句」にすぎないと言っているが、スペイン出身の亡き母親のことであること、この二点に私はこだわりがある。ラヴェルもまた天才であるが、そもそも若い作曲家にとってはハードルの高い弦楽四重奏曲を書いたとき、ドビュッシーから、そのままで発表するようにと絶賛されながらも、結局、全面的に楽譜を直しているが、作品としてはドビュッシーのそれには及ばない。

やはり、大編成の緻密なオーケストレーションでこそラヴェルの天才は発揮される。個人的には、アンドレ・クリュイタンスの指揮、パリ音楽院管弦楽団（現パリ管）による「クープランの墓」（「クープランを偲んで」が正しい）をもって最高傑作と見ている。

サティは「音楽界の異端児、変わり者」などといわれるが、まだ発明されたばかりの映画に自ら迷優?として出演したり、奇怪な行動で知られているが、ピアノのための三つのジムノペディなど名曲を残している。驚くべきはその方法論の斬新性で、その影響はドビュッシーら印象派のみならず、ストラビンスキーなどにも及んでいる。「音楽界の異端児」ではなく「音楽界の革命児」であったのだ。

古い曲では、バッハの一曲のみを聴くことがある。「無伴奏バイオリンのためのパルティータ第二番」なのだが、その中の第五曲目「シャコンヌ」だけを聴いている。このパルティータ一曲だけでもバッハは偉大な作曲家として評価されたであろうと言われるが、その中のシャコンヌはバッハの最高傑作であろう。だから、弾く者を選ぶ曲だ。同じフレーズの繰り返しで急激に低音に移行していく部分があるが、ここにバイオリニストの才能とセンスのすべてがさらけ出される。

この頃はジャズも聴く。きっかけは学生時代、下宿の隣の部屋にいたN大生の影響だ。「ジャズはメロディがあるようで、ないようで、何だかよく分からない音楽だ」と言うと、彼は自分の部屋からレコードを持ってきた。「そんなことはないよ、入門用としてはこれだね」と言って曲を聴かせてくれた。「どうかね、田中くん」。私はその曲を聴いて驚いた。分かるのだ。聞いたことのある曲だ。それに気持ちがいい。「これは、ジョン・コルトレーンのマイ・フェイヴァリットシングスだよ」と彼は言った。

今は、たまにキース・ジャレットの「ケルン・コンサート」を聴いている。ちなみに、この「ケルン・コンサート」は、完全なる「即興」ジャズであると言われているが、私は違うと思う。弾きはじめから数十小節は、どう考えても完成された曲である。まったく「無」の状態から、大聴衆を前に、音楽でいう「動機」をインスパイアし、それを完璧な和音とリズムで進行させ、さまざまなバリエーションで展開していく。

少なくとも、最初の「動機」(モチーフとなるメロディ)は、極めて魅力的であり、その展開も完璧である。この序盤部分は、完成されていたとまでは言わないが、ある程度練られていたとしか考えられない。勿論、それ以降は天才的なジャズの即興が繰り広げられたわけであるが。いずれにせよ、奇跡的な曲である。

ところで、ジャズにおけるコントラバスは、まるで主旋律から独立しているかのように弾かれているが、他楽器とのすばらしい和音の効果と、リズムをとるパーカッションの効果も兼ねている。私にジャズを教えてくれたN大生に、試しにバッハのブランデンブルグ協奏曲を聞かせてみた。第五番の第一楽章は音楽史上初の「ピアノ(チェンバロ)協奏曲」と言うべきものであるが、弦楽器の通奏低音を伴う第六番にした。聴き終わったのちの彼の感想だが、「田中君、こりゃ、ジャズだよ」というものだった。

ちょっと話が逸れてしまった。逸れついでに、コーヒーの話をしてもいいであろうか。ウィーンの老舗《しにせ》のカフェに行くと、どこそこの席は信じられないような著名な思想家、芸術家がマイテーブルとして使っていたと説明をしてくれる。時にはその席を中心にこれまた歴史を彩るような著名人たちが集まり議論していたといわれる。そんな席が、時代ごとに何箇所もあって、空いているときなど、その席に座ってみる。それはアンティーク化した単なる木のイスではない。なんともいえぬぬくもりとともに、まさしくこの場所に、たとえばクリムトが座り、仲間たちと新時代にふさわしい斬新的な絵画について白熱した議論が交わされていたに違いない。そのイスに、今自分が座っている。時を超えた感動を体ごと覚えるのだ。

それに五〇種類を超えるさまざまな濃さと甘さのウインナコーヒーのバリエーションがある。厚めの紙の色見本があるが、一枚一枚では見分けがつかないほど微妙にグラデーション化している。店員はお客の好みを正確に覚えていて、注文せずともお気に入りの一杯が味わえるのだ。

バッハはフランスの思想家ヴォルテールと同様一日五〇杯のコーヒーを飲んでいたといわれている。コーヒー・カンタータという曲まで作曲しているくらいだ。哲学者のカントも大のコーヒー好きで、散歩の時間同様、コーヒーの時間も厳格に決まっていた。しかし、待ちきれないのだ。おそらくストイックな性格の人物だったろうが、飲みたい気持ちを抑えきれない。それはなかなか新大陸や陸地を発見できずにいる、焦りとストレスに苛まれていた帆船の船長にも似た気持ちだったのだろう。

やっとコーヒーの香りがカントのリビングにまで届くと、彼は顔を輝かせ、「諸君、陸だ、陸地が見えてきたぞ」と声高に叫んだといわれている。我々が描くカント像からは想像もつかないほどだ。

大哲学者カントの臨終の言葉もコーヒーに関っている。「ああ、これでコーヒーが飲めなくなる。それだけが残念だ」

(2) 沖縄病末期病棟が山梨県にある理由(入院患者である私の説)

今や空前の「沖縄ブーム」である。NHKの朝ドラ「ちゅらさん」が放送されるや、それまで市民権を持っていなかった「沖縄ブーム」という言葉がマスコミで日本中くまなく報じられ、旅行雑誌、How-toもの、体験記などが次々と出版されるや、飛ぶように売れている。
この「ちゅらさん」から二年さかのぼる平成一一年、中江裕司監督の作品「ナビィの恋」が放映された。主人公ナビィには沖縄で活躍されているベテラン女優の平良とみさん、「秘密の花園」

などでおなじみの女優西田尚美さんが孫の奈々子役で好演している。この映画は、毎日映画コンクールで日本映画優秀賞を受賞したほか、他の三つのコンクールでも監督賞、助演女優賞などに輝いた、沖縄映画の傑作である。

沖縄の小さな島、粟国《あぐに》島を舞台に、六〇年前の恋に胸を焦《こ》がすおばぁを巡る騒動を描いたミュージカルタッチのコメディである。

ナビィとは「なべ」のことであるが、一七〇〇年代の中頃、同名の女流歌人が琉球で産声をあげた。沖縄本島北部の山原地域を意味する「やんばる」地方の恩納《おんな》で生まれた恩納ナビィは、さまざまな思いを自由奔放に率直に歌いあげた琉球を代表する女流歌人である。

こんな歌を残している。（参考・恩納ナビー資料館冊子『「恩納ナビー」アイロニーの世界』）

恩納岳《うんなだき》あがた　里《さとう》が生《うん》まり島《じま》　森《むる》ん押《う》し除《ぬ》きてぃ　くがたなさな
（恩納岳の向こう側には私の愛《いと》しき人の故郷がある。この森を押しのけてでも、あの人を故郷ごとこちら側に来させたいものだ）

ナビィが一七、八歳のことと思われる。当時、農民たちの楽しみだったシヌグおどりを禁止するおふれが出た。彼女は次のように歌った。

恩納松下《うんなまつした》に　禁止《ちじ》ぬ碑《ふぇ》ぬ立《た》ちゅうし　恋忍《くるしぬ》ぶまでぃぬ　禁止やねさみ

（恩納の松の下にシヌグおどりの禁止の立て札があるが、男女が愛し合うことまで禁止しているのではあるまい。踊りは止められても恋する心を止めることなどできはしない）

映画「ナビィの恋」のナビィの尽きせぬ恋心は、恩納ナビィの心と相通じるところがある。クリスマスとはいえ気温は二〇度近い気候である。一二月二五日、私は恩納ナビィの燃えるような恋心に思いをはせ、また、「ナビィの恋」のいくつかの場面を心の中に映し出していた。琉球の女性は、「ナビィの恋」で歌われたカルメンのように情熱的なのだろうか。

二五〇年近い時を超え、二人のナビィは私の心の中で、あらゆる障害にも屈せず、恋心を貫きとおす一人のナビィになっていた。

映画「ナビィの恋」には、嘉手苅林昌《かでかるりんしょう》さんが、本家の主人役で出演されている。「カデカルさん」と親しまれ、「島唄の巨人」、「沖縄島唄の神様」、「風狂の歌人」……などと讃えられた沖縄民謡界の草分けにして、波乱に富んだ人生そのままに、林昌さんの歌声の向こうには、沖縄、いや琉球のたどった数奇な運命の情念が燃えている。世界に誇るアーティストの一人である。

「ナビィの恋」が公開された一九九九年、肺がんのために亡くなられた。映画の中で、病に冒されながらも沖縄民謡を味わい深い音調で歌いあげた姿がまぶたに焼きついている。

私は、亜熱帯の沖縄とはまったく無縁の山梨県人である。

子供の頃流行《はや》ったダジャレ「山があっても山無し県」という地域の甲府盆地の住人である。四方八方いずこを見ても、山、山また山、救いは御坂山系から頭を出している富士山である。

富士山はコニーデ型火山としては比類なき美しさを与えられた山であるが、未だ世界遺産とはなっていない。富士山に罪はない、富士五湖を含めた認定のための環境づくりの困難さ、ゴミの不法投棄といった人間側の問題である。

しかし、富士山は日本人の誇り、山梨県人の自慢である。山梨県民の多くは、静岡県側の海からそそり立つのっぽの富士より、富士五湖から見た黄金比のような富士の方がはるかに美しいと考えている。富士五湖の逆さ富士もあっての景観である。富士山は山梨県の県有地と静岡県の県有地、国有地と宗教法人の所有地から成り立っている。山梨県のものではない。たまたまあるだけだ。

しかし、この偶然を山梨県人は、小さくて地味な県の最大の財産と考えている。富士山あっての山梨県、富士山様々《さまさま》である。実際、富士五湖あたりから間近に仰ぐ富士山には未だに圧倒され、感動させられる。

そんな山国に住む私がこの本を執筆するのには、実は必然性がある。富士五湖に行って目に付くのは静岡のナンバーの車、湘南、横浜、千葉ナンバーの車などである。山国に住み、周りの山々に窮屈な思いをしている山梨県人には、海に行って水平線を見たいという抗《あらが》いがたい願望がある。その海がある県からわざわざ山だらけの県に来る人たちの気がしれないのである。山のある県民には山は当たり前、海のある県民には海は見飽きた当たり前のものなのだろうか。

ザ・ブームの「島唄」は今や国民的な愛唱歌であるとともに、もともとあった沖縄の島唄であるかのような印象を受ける。島唄とは、本来奄美群島の唄をさす言葉である。ザ・ブームの「島唄」の影響からか、島唄を沖縄の民謡と結びつけて考える方が増えているようだ。この歌は海を越え、作曲者を含むバンドはブルガリアなどに招かれた。あちらでもブームになっているそうだ。この歌をつくったM氏が山梨県の出身者であることは有名な話だ。しかもバンド四人のうち三人が山梨県の出身者でもある。

また、人気ドラマ「Dr.〇〇診療所」や映画「〇そうそう」といった沖縄を舞台にした作品の脚本を手がけられたY氏も山梨県の生まれである。山梨県の県庁職員が、職を辞し、単身沖縄へ向かった経緯《いきさつ》を書いた本も出版されている。三〇歳のとき、しかも女性なのだ。

私にはその気持ちがよく分かる。痛いほど分かる。山だらけの県、盆地は冬は寒く、夏は最高気温日本一の栄冠に輝く日が何度も訪れる。もちろん、山々の美しさ、富士と富士五湖、桃、ぶどう、すもも、ワインなどで生産量日本一の実績がある。山梨ブランドも確立されつつある。

春は盆地が桃の花でピンクのベルベットに変わる。その美しさに県外の方々が多数おみえになる。勝沼のワイン、北杜市の八ヶ岳を中心とする観光地、富士五湖、南アルプス市からの登山など山梨県は美しく豊かな自然と景観に恵まれた県である。

以前行われた日本で一番住みやすい都道府県で第一位と国から発表されたことがある。多くの項目の調査結果を基にした総合評価とのことだった。この結果に一番驚いたのは、ほかならぬ山梨県人であった。この県のどこが一番なのか心当たりがないのである。でも、今では少し分かる気がする。

しかし、である。海への憧《あこが》れ度合いを調査すれば、おそらくそちらでも第一位になるのではなかろうか。特に沖縄の海を一度でも見た者にとっては、海への憧れはやがて渇望へと変わる。珊《さん》瑚《ご》礁により、ブルーというよりエメラルドグリーンに彩られた透明な海。この美《ちゅ》ら海《うみ》一つをとっても沖縄に魅了されるには十分であろう。

ウチナーンチュ（沖縄人）以外の本土の住人は、未だにヤマトゥーンチュ（大和人）と称されている。そのヤマトゥーンチュたちは、あわただしい日常生活から離れ、沖縄に着いたときから時間の流れが変わったことに気づかされる。それは劇的な経験でもある。ウチナータイムと呼ばれるゆっくりとした時間を心と体で確かに感じるのだ。そのゆるやかな時間の中で、頬《ほお》をなでる心地よい西風《いりかじ》。

ブルーの琉球グラスを手にしていただきたい。底から立ちあがるウルトラマリンブルーは、微妙なグラデーションで徐々に薄くなり、グラスのふちに至って透明となる。そのブルーの中に絶妙に配色された明るめのグリーンが、グラス全体を沖縄の海の色に仕立て上げているのである。まろやかで芳醇としか言いようのない古酒《くーすー》を満たせば、亜熱帯の太陽《てぃーだ》の光が反射して、あるいは透過して、部屋の壁のそこかしこに、揺れうごく明るいトンボ玉のような光をつくりだしていることに感激さえ覚えるであろう。

いや、沖縄の魅力については、すでにいわゆる沖縄病の方ならよくご存じであろうし、沖縄に興味をお持ちの方なら、ガイドブックなどが豊富にそろっている。私などが四の五の言う出番ではない。

そして、このオキナワン・ブルーへの渇望が満たされない者は病に移行していく。「沖縄病」である。私はこの病に侵され、しかも末期に近い病状である。ホスピスが必要なほどである。

いろいろと書かせていただいたが、思うにこれが、沖縄病末期病棟が山梨県にある理由であると私は考えている。

2　私の沖縄病罹患の発端

(1) 一人旅好き

私は、今から振りかえると「海外一人歩きの旅」が趣味の一つであったと思う。独身の頃を含め、サラリーマンであるにも関らず、十数カ国ほど旅している。それも一人旅である。

一度目は昭和四八年、一八歳のとき、まだまだ海外旅行が一般的になっていない時代であった。

山梨の田舎から東京の大学への進学が決まるや否や、それまでのある意味拘束されていた生活から抜け出したくて、手はじめに香港のクーロン街を奥深くまで歩いた。当時はこの貧しい地区にはマフィアが君臨し、日本の耐震基準を到底充たせないだろうと一目で分かるノッポで平べったく、いかにも脆弱《ぜいじゃく》なビルが林のごとく聳《そび》え立っていた。中に行くほど暗く、方向感覚がなくなっていく。晴れの日などは、時間に応じた太陽の位置で方向と自分の位置が大雑把《おおざっぱ》に分かるが、曇りや雨の日はそうはいかない。地図らしきものがあったような記憶があるが、暗い路地から路地に迷い込んでいるうちに（実は、これがわくわくするほど楽しいのであるが）、偶然本通りに出るといったアンバイである。

ホテルに帰ろうと歩いているとタクシーが拾える。当時、香港市内は距離に関係なく一ホンコンドルであった。何も知らないといった素振りで料金をたずねると、必ず三、四ドルといった答えが返ってくる。ひどい運転手はもっとふっかけてくる。何食わぬ顔で言われたとおりに支払うと、逃げ足が速いという表現どおりに鉄砲玉のように逃げ去っていく。その頃は日本の円が圧倒的に強く、このちょっとしたサスペンスを経験するのに、私の小遣いにはほとんど影響しなかったのである。

だが、今にして考えると、給与水準が極めて低く、生活のためにやむなく嘘をついたのだろうと、当然のことながら思わされる。素直に規定料金を払いさえすればよかったのだ。どんな了見であったのかは覚えていないが、決まっている料金をわざわざ訊くなどということは、いくら一八歳の世間知らずといえど、不自然、不必要にして、そのうえ許されぬ行為であったと思う。今なら、お互いに気持ちよくチップという形で渡すはずだ。

マカオの国営カジノに渡ったとき、その途中で撮影禁止の場所があった。私は行く先々でカメラを向けるのが習性であったが、中国との国境でいかめしく警備している解放軍の兵隊は絶好の被写体だった。しかし、当時その場で感じられた張りつめた空気は、私から、盗み撮ろうとする気持ちを奪い去った。見つかったなら、有無を言わさず中国側に引き渡されるであろうという確信が持てるほどの緊張感が漂っていた。自由世界と共産国家とが、これほど近くで接しているとは考えられなかった。その兵隊は、三〇歩ほど先で銃を構えていたからだ。

その頃の私の旅費は、アルバイトで賄われていたので、安い航空券に応じておのずと旅行範囲も近場に限られていた。同じ年、アメリカには違いないという言い訳めいた動機でハワイに行った。海外旅行が解禁になってそれほど経っていない昭和四九年時点では、国外旅行はまだまだ珍しかったのである。ハワイでの移動手段は、空港との往復がバスであったのを除けば徒歩であった。

ワイキキ海岸にも何日かいたが、打ち寄せる波もきれいとは言えず、この経験が沖縄病の起源とはまったく関係がないと断言できる。少なくともオアフ島のワイキキビーチは珊瑚礁ではなく、波は砂を含んでいたためごくごく普通の海にすぎなかったのである。

その後も海外放浪癖は消えず、行ってみたいと思いつくや、大した意義づけもないまま いろいろな国を放浪した。というより金もない徒歩旅行なのであった。大きな口をたたけるほどのものではない。

印象にあるのは、9・11の同時テロが起きたとき、同じ九月の二〇日すぎにオーストラリアに行ったことである。こんなとき飛行機に乗るなどバカげているというのが、周囲の一致した当然の意見であった。あまりに衝撃的な事件であり、生放送で伝えられる光景は、映画か何かのプロモーション・ビデオであって、現実のものではあり得ないと感じたのは私だけではなかったろう。誰しもがあり得ない夢を見せられているのだと感じていたはずだ。

周囲の反対に対し、世界中が厳戒態勢をとっている今こそ最も安全なのだと私は答えた。しかし、正直に言うと、なんだかあまのじゃくな行動で、大人げなく、旅行をとりやめようかと迷っていたのである。

しかし、行って正解であった。ゴールドコーストから二時間ほどバスに乗り、深い山の洞窟で見た「土ボタル」である。暗闇で緑色に光る土ボタルは、まるでプラネタリウムの中にいるかと錯覚するほどに、神秘的に美しく光っていた。洞窟中を幻想的に照らすほどの無数の生きた光の光景は終生忘れられない。

また、南十字星。太平洋戦争中、補給路を断たれ、食べ物もなく、弾薬もなく、濁った水でのどをうるおし、あるいはマラリヤに冒され、心身とも疲弊しきった日本軍兵士たちが仰ぎ見たであろうサザンクロス。それをはるか時をへて、彼らたちが想像もできなかったであろう時代に私は見上げていた。つい十数日前に起きた悲惨な出来事と非業《ひごう》の最期を迎えた兵士たちの姿が重なっていた。思わずまぶたが弛み、涙があふれ、嗚咽《おえつ》した。

しかし、それは思っていたより随分暗く、左下にあるポインターと呼ばれる明るい星を頼りに探すのだ。

このサザンクロスは、後から分かったことだが、沖縄でハイムルブシ（西に群れる星）と呼ばれている星の一つであったのだ。

私の最後の海外一人旅は「ドイツ」であった。それは長年望んでいた旅であった。なぜ長いことドイツへの旅を望んでいたのかについては、ハッキリとした理由は分からないでいた。いや、分かってはいたのだが、後に話すとおり理解できずにいた。それでいて、最低でも一年は滞在したいと考えていたが、サラリーマン、おまけに家庭を持つ身では長期の旅行は許されなかった。南ドイツでの二ヵ月半の徒歩旅行であった。

もともとドイツでは、ラテン語を学ぶギムナジウムから大学をめざす者以外は、徒弟制度いわゆるマイスター制度のもと、若者たちは、ドイツ各地の親方たちを訪ね歩き、そこで修行を積み、一人前のマイスターとなって故郷に帰ってくるのである。はるかなる徒歩の旅である。

私は、なぜか、いつかこの徒歩旅行を実行しようと考えていたのである。

（2）不思議な体験

ところで、私は生まれ変わりなど信じないたちである。私は訳の分からない新興宗教、特に胡散臭《うさんくさ》いオカルト教団などには生理的な嫌悪感さえも覚える、そんな性格である。リ・インカーネーションの思想など、母の日に贈るたった一輪のピンクのカーネーションほどの価値もないと考えている。

しかしである。不思議な体験がある。私が物心ついた三、四歳の頃、まだ自分の国の名が日本国であるという意識さえ根付いていない頃、私の頭の中には「ドイツ」という国名が、なぜか浮かんでは消え、そのうち住み着くようになった。おまけにドイツ軍のヘルメットの、前よりの左右に付いているボルトのような突起物さえありありと心に浮かぶようになった。だが、このことは当時の自分にとって意味の分からない、また、どっちでもよいことであったのであり、長いこと忘れていたのである。

高校生のとき、従軍記者レマルク原作の反戦映画、邦題「西部戦線異常なし」（一九四〇年版）を見た。近代戦とは思えない白兵戦が主体の映画だった。戦術もなにもあったものか、中世の騎士軍団同士の戦闘のような土臭い戦いを見たとき、なぜか子供の頃のドイツへの思い、幼児期の記憶が蘇った。

そういえば、偶然であろうが、中学生の頃、当時モデルガンブームの中、私が持っていたモデルガンは、ルガーP08、ワルサーP38に同PPK、シュマイザーMP40とすべてドイツ軍の銃であった。こんな趣味の話をすると、当然のことながら私がミリタリーオタクだったのだと想像されるであろう。

しかし違うのである。私自身、戦争絶対反対主義者であるが、戦闘用の武器という単純な意味合いを超えて、その機械としての機能美に魅了されたのであった。ルガーP08など、その名のとおり一九〇八年に正式採用となった古い拳銃である。物騒な兵器であるということをまったく抜きにして、その造形美は洗練されていてすばらしいの一言に尽きる。排莢《はいきょう》方法こそ異なれ、日本軍のナンブ一四年式のモデルとなった拳銃である。

また、某人気キャラクターのご愛用とされるワルサーP38の機能美も特筆すべきものである。おそらく未だにこのデザインの美しさに勝る拳銃は出現していないと考えている。兵器としての性能も要求されながら、なおかつ芸術作品、オブジェとしての美しさも追求できた古き良き時代だったのであろう。

シュマイザーはMPの名のとおりマシンピストル、機関銃である。これには、ドイツ人の合理主義が反映され、ワルサーと弾丸を共有できた。その代わり、薬莢が短く、黒色火薬の配合分量もピストル用であるから、黒色火薬の燃焼スピードも速い。本来の薬莢が長く、微妙ながら火薬の燃焼速度を遅く調整し、その圧力を高めて弾丸を発射する自動小銃としては射程距離が短かったが。

だが、同様にすばらしい造形美を与えられている。

こんなことは、どっちでもいいこと、単なる偶然、意味を見いだすことにさえ意味ないことであると言いきるなら、それはそれで一つの結論である。

しかし、理論的な説明がつかないことについては、私は古代ギリシャのキニク学派と同様、判断をしないことに決めている。証明できないことを判断・決定することは誤謬《ごびゅう》に通じる。判断するから人間は間違う。非生産的・後ろ向きのキニク学派の考え方である。

しかし、現代では用い方しだいでは有用であろう。二〇〇〇年以上前、まだまだ科学が目覚める前の時代の考え方は、社会環境がまったく異なる現代において、新しい視点を与えてくれる可能性があるからである。

3　沖縄の愛おしさ

(1) 恩納村《おんなそん》で迎えたクリスマス

この文章を打っている私は、沖縄本島の恩納村にいる。今日はクリスマス・イブである。恩納村は日本屈指のリゾート地である。東シナ海沿いに大型リゾートホテルが建ち並び、二〇〇〇年に開催された九州・沖縄サミットの際には、クリントン、プーチン前大統領も滞在している。ホテルはクリスマスムード一色である。沖縄、旧琉球王国、ここでクリスマスを迎えることには少々違和感もあった。

しかし、戦後、長年にわたりアメリカの統治下にあったことを考えると合点《がてん》がいく。駐留する米兵にとってはキリスト教最大の祭りであるから、沖縄県人、とりわけ本島の人たちには浸透しているのであろう。恩納村は、金武間切《きんまぎり》と読谷山間切《よみたんざんまぎり》からそれぞれ分離して、一九〇八年に生まれた村である。一九七五年の海洋博覧会を機に道路も整備され、現在のリゾート地へと発展を遂げた。

　私が宿泊しているホテルの前に広がるリザンビーチは八〇〇メートルにわたって続き、約一〇〇メートル先のリーフまでの海の美しさは目を見張るものがある。透きとおるようなエメラルドグリーンの先には、ウルトラマリンブルーとウルトラバイオレットが交互に混じる紺碧《こんぺき》の海が広がっている。このホテルのプライベートビーチは、二〇〇六年度には、日本快（海）水浴場百選の特選になっている。

　ちなみに私の好きなビーチは、久米島の沖にあるはての浜、七キロにわたって続く与那覇前浜、渡口の浜、コンドイビーチ、砂山ビーチなどである。ビーチとはいえないかもしれないが、川平湾は無論である。

　この時期には、クリスマスディナーが各ホテルで用意される。このあたりのホテルのレストランでは当たりはずれがなく、クリスマスセットで十分満足できるが、メニューとしては本土のディナーと代わり映《ば》えせず、それでは沖縄に来た甲斐がないというものである。といって、琉球料理ばかりでは能がない。私は、洋食、和食、琉球料理まで好きなものを選べるバイキングのレストランに入ることが多い。

　私は、欧米でクリスマスに付き物の七面鳥の肉はあまり好きではなく、それ以前に、キリスト教徒ではない私がイエスの誕生日をお祝いする義理はないのである。

そうは言うものの、私が物心付いたときには、すでにクリスマスという言葉が日本全国隅ずみまで定着していた。

父親たちは仕事を早めに切り上げ、予約していたクリスマスケーキを持ち帰る。家では子供たちが飾り付けを終え、母親は、チキンや普段は食卓にのぼることもない料理を腕によりをかけて用意して待っている。照明を暗くして、ツリーに点滅するイルミネーションとケーキの上で揺れるろうそくのともし火の中、サイダーで乾杯する。キリストの誕生日のお祝いであることは頭の中では分かっているが、そんなことより、ハイカラな、何かしら日常の生活とは違う、日本人のロマンティシズムをかき立てる特別な雰囲気が好きなのである。

私の家はクリスチャンではない。代々曹洞宗《そうとう》である。禅宗に神はいない。悟りを目指す宗教である。

しかし、私が幼稚園から小学生の頃、母親は近くのキリスト教の教会に私と妹、幼い弟を連れ、よく日曜学校に出かけていた。母親がどういう了見だったのかは分からないが、おそらく近所の知人のお付き合いであったのであろう。あるいは、ハイカラ好きな母親の気まぐれだったのか。そのわりには熱心に通っていたのだが。

私の記憶に強く残っているのは、非常に寒い中を震えながら歩いて行き、教会の中に入った途端、強い熱気を感じたことである。クリスマスの夜であったのだろう。よく利いた暑すぎるくらいの暖房と、美しい装飾、ろうそくの光、イルミネーション、そして頬と耳が熱気で熱くなっていたことが印象的であった。

(2) 由布島は、地球の温暖化で真っ先に海底に沈む熱帯植物楽園の一つである

「地球の温暖化」は、その危機感をさほど感じていない者も含め、誰もが口にし、また、文字通りいやおうなく耳にたこができるほど聞かれる言葉である。

その進行は、皆が感じている以上に早い。

私は、中学のとき、かふふ市から現富士河口湖町に転校した。冬になると河口湖は厚く全面結氷し、その氷にドリルで穴を開け、ワカサギ釣りに興じたものである。本格的に釣ろうとする大人たちはほったて小屋を建て、あるいはテントを張り、七厘で暖をとり何十匹もの釣果があったものである。

そのときの足の冷たさは今でも記憶に蘇える。

しかし、少なくとも十数年前から、湖面が一部でも凍結した光景を見た覚えがない。今年の冬も河口湖に行ったが、夏のように湖面は緑がかった青色の湖水を湛《たた》え、さざ波が静かに打ち寄せ

ている。完全凍結した頃を知る私には、信じがたい光景である。もともと河口湖町（現富士河口湖町）の人間ではない私にとってさえ、これは衝撃的な現実なのであるが、なぜか皆大騒ぎをする者がいない。

世界各地で観測されている異常気象以上に、身近なだけに私にとっては地球の温暖化恐るべしとの感が強い。

二酸化炭素は、たとえばアマゾンの広大なジャングルなどで、光合成により地球に酸素として還元される。地球上の動物たちが生きるための酸素は、広大なジャングル、森林が生みだしている。

しかし、現在の地球上の二酸化炭素は、植物が酸素に代える許容量をはるかに超えている。おまけに、地球にとって不必要な量の二酸化炭素をつくりだしている人類は、同時に森林やジャングルを恐るべき速度で破壊している。何をかいわんやという愚かしい振るまいである。

①小さな由布島は、八重山諸島、沖縄の至宝である

由布島は周囲二・一五キロメートル、海抜は約一・五メートルの小さな島である。その昔、竹富島、黒島から渡ってきた人々が住みついたといわれている。さらに遡ると台湾からの流入者もいたという。いずれにしても、小さな砂でできた島である。

由布島と西表島の間の水深は、満潮時でも一メートルほどしかなく、通常は大人の膝にも満たない程度である。砂でできた島であるから、かつて、島民は隣接する西表島に水田を持ち、行き帰りの生活をしていた。西表島まではおよそ五〇〇メートルであり、徒歩か資材輸送には水牛で行き来していたのである。

島民が激減した理由の一つには疫病（マラリア）があったが、昭和四四年の台風により、海抜約一・五メートルの小さな島は壊滅的な被害を受け、島民の多くが亡くなり、また、これを機会に西表島に移住したためである。

西表島の北西部地域は戦後生まれた集落であり、上原、中野、住吉、祖納、白浜などカヌーによるツアーやリゾートホテルなどが充実した観光拠点となっている。

一方、由布島から直近の地区は東部の美原であるが、その隣の古見集落はマラリアにより廃村を経験している。太平洋戦争末期の強制疎開によるいわゆる「戦争マラリア」という痛ましい歴史もある。

② 西表島唯一の信号機

石垣島から西表島に来るには、由布島側の大原港があるが、北西部地域ほど発展はしていない。ここに島唯一の信号機があるが、目にした限りでは、ここよりむしろ北西部地域に設置した方が有意義であろう。

それでも、信号機が設置されたときには、その下で盛大に祝いの宴が催された。つまり、その信号機の下で宴会が開かれるほどの交通量のT字路であって、信号機の必要性は感じられない。だが、信号機があること自体に意味があるのであり、島民の自慢でもある。

由布島の島民が亡くなり、また西表島に移住した後、西表正治おじぃ夫婦は由布島に残り、この島にまた人々が戻ってくることを信じ、島全体を熱帯植物園に変えようと決意した。

砂でできた島の上に西表島から土を運び、椰子を植え続けた。人力で、また水牛を使い、由布島がいかに小さな島であるにせよ、熱帯、亜熱帯の植物が育つよう、島全体に土を盛るという途方もない作業であった。過酷な労働に対し、満足な食事もとれないため栄養失調に苦しみ、台風の襲来など艱難辛苦《かんなんしんく》の末、一〇人の子供を育てながら、砂の島を土の島に変えた。

由布島は、他の八重山諸島同様、浅く掘ると海水ではなく真水が湧く。植物が育つのには十分な水がある。その努力が実を結び、「亜熱帯自然植物楽園」が開園されたのである。四万本の椰子が茂り、亜熱帯のありとあらゆる植物がこの小さな島に凝縮され、豊かに繁茂している。蝶々園やふれあい動物園、珊瑚の展示館、確かケンタローという大型のインコが、行き交う人々に話しかけてくれる。

③ 素晴らしき小浜島は目の前だ

島の北部の海岸線に行くと、ドラマ「ちゅらさん」の舞台となった小浜島が目の前に横たわっている。海抜九九メートル、その山頂に立つと目線が一〇〇メートルとなり、晴れた日には八重山諸島が見渡せる大岳《うふだき》が大きくそそり立っている。遠浅で歩いて行けそうな感じだが、その間にはマンタの回遊で有名なヨナラ水道が深く口を開けている。

由布島「亜熱帯自然植物楽園」は、プロの造園業者が設計した植物園とは明らかに異なり、人の努力の賜物であることが実感できる手づくりの温かみがある。西表島の美原集落の乗り合い場から、水牛車での十分ほどの道中は楽しい。

大人しくたくましい水牛は、慣れた道筋を黙々と歩いていく。水深三〇センチほどの海は透き通り、御者のおじぃが頃合いを見て、三線を弾きながら島唄を歌う。水牛車の天井には、有名な島唄の歌詞が何枚か貼られ、それを見ながらつい小声で口ずさんでしまう。

西表正治おじぃ夫婦の努力は、今や年間二〇〇万人の来訪者で賑わう南海の楽園として結実したのである。

私は、この由布島で、田中一村が奄美大島で描いた「アダンの実」という作品の主題になったアダンの実をはじめて間近に見た。

一村は、人間関係が画家の評価を左右する日本画の中央画壇に嫌気《いやけ》が差し、各地を遍歴した後、奄美大島に終《つい》の棲家《すみか》を得た。大島紬《おおしまつむぎ》の仕事に半年従事し、残りの半年を絵の制作に専念した。

彼が描いたのは自己自身が納得できる作品、人の評価などまったく念頭にない、売るつもりもない、あらゆる世俗的な関係を断絶した、自己の心と技術のみに忠実な、脱俗の極致ともいうべき作品であった。今にも倒れそうな家、狭いながらも自給自足のために植えられた野菜。一年中はだかで過ごしたその体は痩せ細り、自然にとけ込むように生きていた。

しかし、その指先から、まるでつむぎ出されたかのような精緻にして高い完成度に到達した作品は、人からのいかなる評価を受けることも前提としていない。一村が奄美大島で目にした、それまで見たこともない、亜熱帯の色とりどりの草花、その美しさに魅入られ、制作への情熱を南海の太陽のように輝かせ、自己の魂と命が求める技術力と表現力のみが追求されたのである。

亜熱帯の自然には、人を魅了し、引きつけてやまない色彩、形態、佇まいがある。その自然を砂でできた小さな島に、西表正治おじぃ夫婦は見事に再現してみせたのである。

小さな由布島は、八重山諸島、沖縄の至宝なのである。

④ 日本最西端、最南端の離島

ドラマ「Dr.○○診療所」は、原作での舞台は鹿児島県甑島《こしき》（古志木は当て字）であるが、撮影では与那国島でロケが行われた。言うまでもなく日本最西端の離島である。

八重山諸島の小浜島に、ヤマハリゾートの「はいむるぶし」があり、条件さえよければ南に群れる星（はいむるぶし）のうち、南十字星も見えるという。南十字星自体暗い星でできているから、よほど水平線付近がクリアに澄み、最適な湿度で大気中の乱反射が発生しないような条件が整えば、あるいは肉眼で見えるかもしれない。

だが、最西端の与那国島では、かなり容易に見えそうな感じがする。もっとも、南半球のオーストラリア、それもかなり都会から離れた暗い場所でさえ、はじめての人には南十字星は見つけにくい。さらに南にあるポインターと呼ばれる一等級以上の明るい星を見つけ、その右上に目を移すと、やっと発見できるような星座なのである。

それでも、もし、この日本で比較的高い確率で南の水平線上のサザンクロスが見られるとすれば、やはり与那国島と波照間島をおいてほかにはないのである。

波照間島はご存じのとおりの日本最南端の離島である。日本列島は、特徴として南北に長く連なる島国であるといわれる。その最南端の島、波照間島にはそれを象徴するかのような場所がある。「最南端の碑」、「平和祈願の碑」、それも勿論である。もう一つあるのである。

それは、「最南端の碑」に向かう二重螺旋のような遊歩道の中にある。南北に長い日本の最南端、その波照間島に四六都道府県から送られた四六個の石なのである。

最南端の絶海の孤島、しかし我らが日本の最南端の地であると全国から送られた石。静岡県からは富士山の溶岩が送られた。これは、私のような山梨県人からすると不満ではある。

富士山は山梨・静岡にまたがる名峰である。だが、仕方ないとも言える。昔から富士山は東海道から仰ぎ見られた山である。甲州街道からだと御坂山塊にさえぎられ、頂しか見えない。富士五湖からの威容を見るためには、大月から都留を通って行くか、甲府盆地から鎌倉往還を通って富士吉田に行くしかないのである。

結果、山梨の名産である御影石《みかげ》が送られている。

⑤ ニライカナイ

「理想郷」への憧れ、あるいは信仰は世界中どこの国にもある。

仏教の伝来以来「西方浄土」という言葉が、理想郷を表す言葉として我が国ではポピュラーになっている。釈迦が悟りを開き、弟子たちがブッディズムという世界的な宗教思想にまで構築した国、インドは確かに日本からは西方にある。

仏教に限らず、いわゆる教祖が生まれた地が聖地となっている。キリスト教及びユダヤ教におけるエルサレム、イスラム教のメッカ、ヒンドゥー教のベナレス、チベット仏教のラサなどである。誰しもが一度は聖地を巡礼したいと切望している。

だが、聖地イコール理想郷ではない。人間が死後、幸福に暮らせるとされる世界、それはこの世にはない。異界《いかい》にあるとされている。では、その異界はどこにあるのか。

琉球国、沖縄の各地に伝承されている理想郷「ニライカナイ」は、はるか遠い海の彼方にあるとされている。東の方向だといわれている。

人の魂はニライカナイで生まれ、死者の魂はニライカナイに戻ると考えられている。また、年のはじめにはニライカナイから神が琉球国に降臨し、島々にさまざまな豊穣《ほうじょう》をもたらして、年末にまた戻っていく。ニライカナイは神と人の魂とが共存する世界、異界にある理想郷である。

それはイデア界に似ている。ソクラテスにとって、人間の魂はもともと全き神の世界であるイデア界で誕生する。イデア界では神と人間が共存し、魂は常に至福に満たされている。そして人間の魂は、死後再びイデア界に戻っていく。

全知の神と共存している人間の魂は、したがって全知とされている。だが、人間の肉体をまとうや否やすべての知識を忘却してしまう。人間は赤ん坊の状態では、魂は全知であるが肉体の脳はすべてを忘れ去った白紙の状態である。

唯物論の祖、アリストテレスにとっても、人間は生まれつき認識においては白紙であるが、まったく意味が異なる。ソクラテスにとっての白紙とは、人間の本質は生まれつき全知であるが、ただ忘れているという意味で認識において白紙の状態にあると説いているのだ。

このニライカナイは、古代ギリシャ思想を例にとるまでもなく、日本古来の伝承的な思想とも酷似している。「常世《とこよ》の国《くに》」である。この常世の国は、古事記、日本書紀などに記され、ニライカナイ同様にはるか海の彼方にあるとされる異界の理想郷である。この常世の国は、豊穣の神と結びついて語られており、この意味においてもニライカナイに近い異界である。

沖縄の人々は、はるか琉球王国の時代から、理想郷であるこのニライカナイへの根強い信仰を持っている。死は肉体の消滅のみを意味し、魂はニライカナイに戻り、目に見えないだけであって、この異界において変わらず生きているのである。

したがって、死は恐れるものではなく、魂のふるさとへの帰還であり、神々との共存の再開である。こうした「ニライカナイ」というはっきりとした世界観があることは、人間が現界を生きるうえでの大きな支えとなる。

一方、日本本土の伝承に登場する根の国は、本来死者の魂が赴《おもむ》く世界ではない。死者の国とは黄泉《よみ》の国であって、根の国などと結びつけられることもある。

だが、現在一般の日本人が死者の国から連想する世界は、黄泉の国でも常世の国でも根の国でも西方浄土《さいほうじょうど》でもない。死者の国という概念そのものを持たないか、漠然としたいわゆる「霊界」の類であろう。そこはニライカナイのような「理想郷」ではない。

まず、常世の国、根の国、黄泉の国などという言葉自体、現在では死語である。私自身そのような言葉を人の口から聞いたことはないし、普段目にする本でもお目にかかったことがない。仮に死後の世界があったとして、たいていの日本人が描くその世界は、得体の知れない、理想郷とは似ても似つかない世界であろう。

ちなみに、キリスト教では死者はキリストの再臨とともに復活し、永遠の来世を生きるとされるが、それまでの間、具体的に死者の魂がどこにいくのかははっきりしていない。同様に釈迦も、私の知る限りにおいて死者の魂の有りようについては説いていない。

(3) 私の入院生活

① 入院生活と社会生活の両立

仮に私の仕事が画家であって、たとえばゴッホのように、自ら入院したサン・ポール・ド・モーゾール精神病院の院長のように理解があって、空いている病室をアトリエとして使わせてくれるような理想的な状況であれば、私には何の困難も心配もないのである。アルルの北東、サン・レミ・ド・プロヴァンスにあるその静かな病院で、ゴッホは糸杉やオリーブ畑を描いた。比較的心の安定していた時期であり、中間色を積極的に使い、落ち着いた雰囲気の作品を描いていた。

それでも、フランス南東部の地方風、ミストラルが吹きぬけると枝や葉を大きく揺らした大きな糸杉が、ゴッホにとってまるで燃えさかる炎のような姿に映っていたのである。その中で数々の傑作が誕生した。

そんな自然の中にある病院の窓からでも作品が描ける生活、それは到底、いや絶対に実現しない夢である。私は一介の公務員であり、仕事やら就業規則やらにがんじがらめの生活をおくっている。

しかしながら、このところ手取りが下がる一方とはいえ、国民、県民の税金により給与を得ている私には、当然のことながら公務が中心の毎日であるのは当たり前のことなのだ。この生活に対して感謝こそすれ、不平不満など許される立場でも身分でもないのだ。毎朝、七時五〇分に登庁、退庁時間は一定していないが、午後一〇時以降の時間外勤務にはそれなりの理由があって、承認されなければならない。つまり、私の毎日は、ほとんど一定パターンで、午前六時四〇分起床、病院には午後八時頃には戻っている。

入院生活と職業生活の両立が可能なのは「沖縄病」患者ならではである。

②公務員にまで蔓延するうつ的症候群

ところで、昨今、公務員にも「沖縄病」以外の精神的な症状をうったえる者が増えている。現に、定数の急激な削減から残業時間は増加する一方であり、休日出勤などの疲労の蓄積や、仕事の高度化・細分化などにより仕事自体についていけず、ストレスなどから長期病欠している職員は少なくない。いわゆるうつ病なのである。その数は正式に発表されているわけではないが、私の見るところ、軽度のうつ状態まで含めると、平均して各課室に少なくとも一人以上はいるはずである。

半年ほどで立ち直って出てくる者はごく小数。四月に休みはじめ、説得されて年度末の三月に一週間ほど出勤して、ほかの所属への異動処理が行われる。休職する期間が長びくにつれ、出勤する意思がそがれていくうえに、高まり続けるプレッシャーから、症状は重くなるばかりである。二年ほども休職すれば、精神は萎《な》え、もはや仕事への意欲は消失し、結果、自己都合の退職となる。

本庁だけでも知事部局以外も含めれば、課（室）の数はざっと七〇はあり、職員数もせまい敷地の中に二〇〇〇人以上いるのであるから、本庁所属だけでもかなりの職員が精神的な苦痛に苛《さいな》まれている計算である。八〇キロを超えるメタボな職員が、一年ぶりに再会したときには五〇キロ台にやせ細り、一瞬同じ人物とは気がつかなかったなどということも何度かあったほどである。

それも、神経質なタイプではなく、どちらかというと生来明るくて、豪快な性格の持ち主がそうなるケースが多いようにみえる。そういうタイプの人間ほどストレスなどに対する免疫力が弱いのかもしれない。

少数ではあるが、この厄介な症状（病気ではない）と上手に付き合っている者もいる。「やあ、もう通院して八年になるかなあ。薬も数えきれないほど変えて、今八種類飲んでるよ」と微笑みながら話す者がいる。

③私の場合

かくいう私も、半年、二週間に一度この症状改善のために通院したことがある。

本来、私はうつ病とはまったく無縁の性格である。生来陽気で、くよくよせず、いやな体験はその場からはなれると忘却の彼方だ。オヤジギャグは小学校の頃から始終飛ばしまくっている。いまさらオヤジギャグと言われてもこちらが迷惑だ。おまけに学生時代、哲学、禅を中心に心理学、精神病理学に没頭していたから、うつ病のメカニズムもかからない方法も治す方法も知っている。しかし、十数年前のことだが、うつ病が疑われる状態となった経験がある。

原因は、二年間にわたり、県営団地の苦情処理を一人で担《にな》っていたことだ。大きな団地では五〇〇世帯が暮らしている。このような団地が大小六〇団地余りもあり、総世帯数は七五〇〇近くあったろうか。

昭和二〇年代後半から、公営住宅法により、いわゆる「文化住宅」が建ちはじめた。間取りは、

2DKを中心とする鉄筋コンクリートのアパート型式の公営住宅だ。戦後の住宅事情は、大都市を中心に極めて悪く、六帖一間に六人家族という場合も少なくなかった。

そこに登場した公営アパートは、近代的なキッチンを備え、間取りも二部屋から三部屋あった。各地方公共団体も条例を制定して、日本中に公営アパートが建ちはじめた。私の両親も結婚と同時に真新しい公営アパートに入居したのである。

だから、私も生まれてから一二年間を公営アパートで過ごした。鉄筋コンクリートのアパートが一五棟ほどあったが、昭和三〇年代というのは日本にまだ「人情味」というか、向こう三軒両隣りどころか、アパート全体に、お隣りさん意識があった。学校から帰って家に誰もいないと、お隣り、そのまたお隣りに上がり込んで、食パンに漂白されていないグレーっぽい砂糖を塗ってもらい食べさせてもらったりしていた。

住人は、公務員、銀行員、学校の教諭、警察官などが多かった記憶がある。アパートの中でのもめ事など聞いたことがなかった。アパート全体が平安な佇まいをかもし出していた。

時が移り、私が公営住宅の管理業務を任じられた頃、公営アパートの状況は一変していた。クレームの嵐であった。

やれヤクザが暴れている、頭のおかしな男が同じ団地の子供たちをエアガンで撃っている。ストーカーに毎晩狙われているが、警察は二週間で捜査をやめてしまった。守ってほしい。中国人が住んでいる部屋で、毎朝四時頃から中華の油をあげる臭いにおいが立ち込めてきて我慢の限界だ。

日系ブラジル人が深夜まで大勢がサンバで大騒ぎして寝られない。イラク人かイラン人か分からないが、ナンバーのないワゴン車を夜中にトンカチで板金している。おまけにガソリンをポリタンクに八缶もため込んでいる。

隣のおばあさんが一週間前から呼びかけても反応がないので確かめてほしい。すぐに飛んで行って、名前を大声で呼びながら合い鍵で中に入る。何人かの遺体を発見し、警察に通報する。中には自殺の場合もあり、その部屋は貸し出し停止とした。土日もなくかかってくる思いも寄らぬような苦情の電話に一人で対応していた。

各団地には一〇〇世帯に一人の割合で知事から委嘱された管理人がいて、我が家の電話番号を知っているのだ。そのたびに私は飛んでいく。電話などではラチがあかない。ヤクザや右翼と何度論争したことか。何人の統合失調症の者を精神病院に措置《そち》入院させたことか。

その職場は民間であり、県職員は私のみであった。二年間派遣されたが、一年半の間は私は元気いっぱいだった。最後の半年、私には分からなかったが、たまたま訪れてきた弟がこう言った。「お兄ちゃん、感じがまったく変わっちまったよ。まるで死人が歩いているようだ」

そういえば、ここのところ受付業務の内容にケアレスミスが目立つ。なんということもない箇単なことを間違える。担当者に指摘される。そのミスを訂正するため担当者の業務量を増やしている。自分の業務は苦情処理なのだが、窓口に申請者が殺到すると私も対応した。

このところ、この窓口業務でのミスが目立ち、若い女性の担当者からも面と向かって愚痴を言われる始末だった。「係長のおかげで、仕事が増えた」

学生時代に一度、三〇代に一度心臓神経症の症状が現れたが、うつ症状などに罹《かか》るわけがないと思っていた。妻とともに心療内科に行ったが、医師はうつともいわゆる神経衰弱ともなんとも言わなかった（妻は、診療のあと一人呼ばれて説明を受けていたが、妻の口からは具体的な内容は聞かされなかった）。

「うつ」なのか「うつ」ではなかったのか未だに分からない。一つ言えるのは、休んだのは心療内科に初診に行った日だけだった。

異動の時期がきて、その職場を離れると、半年ほどで元の私に戻っていた。その間、二週間に一度、心療内科に通ってはいたが、薬は変な副作用をもたらし続け、変えるたびに別の副作用が現れた。口が渇いて発音が不明瞭になるとかで、症状に関する効果は何も実感できなかった。薬は、副作用が不快なだけであった。で、ケアレスミスが続いていたが、気にせず出勤していると、時間とともにけろりと本来の自分に戻った。明らかに「うつ」的な症状が見られことは事実である。単に、精神的に蓄積された疲れが原因だったのではなかろう。

人間は何にでも「名前」をつけたがる。「うつ病」もまた同じだ。しかも、ひとくくりに「うつ病」は「病気」であると断定する。私から言わせていただければ、「うつ病」は「病気」ではない。自分の処理限界を超えた仕事量による「精神的疲労の蓄積」と、処理しきれなかった仕事とミスに対する「罪悪感」が生み出した単なる「症状」である。

いかなる「病気」でも、病気そのものを治す薬は存在しない。症状を緩和する対処療法だ。病気を治すのは、人間に備わった「自然治癒力」だけである。「人間の叡智の成果である薬」は、人間の「自然治癒力」を補助する上で極めて重要な役割を果たす。だが、「自然治癒力」は、人間に生まれたときから完備されている、心身の不調和を解消するための唯一無二のメカニズムだ。

このメカニズムを十分に発揮させるため、多くの「病気」と称される状態では、「休養」が必要とされる。「うつ病」と名づけられた心の不調和を解消するための唯一無二の方法は、「自然治癒力」を遺憾なく発揮できるよう「休養」することだ。

周りの人々がすべきことは、この「休養」を絶対に邪魔《じゃま》しないことだ。言葉でも態度でも。「休養」することが必要だ。必要な「休養」が得られれば、「自然治癒力」が症状を解消するだろう。ほかに治療する手だてがあるなら、理論的に提示していただきたい。いずれにせよ、この考え方で、私は半年で完治した。一日も休まず出勤しながら。

しかし、可能なら極力休暇を取るべきである。勿論、ひとくくりには言えない。人それぞれに症状が異なるし、置かれている状況も違うからだ。その人に合った方法は、医師が教えてくれる。その医師だが、セカンド・オピニオン、サード・オピニオンと何人かの医師を訪ね、最もこの分野の知識とスキルの高い医師を選ぶことが肝要だ。ヤブになるにさえ数十年はかかろうかという「タケノコ医者」などを選ぼうものなら、本当に「うつ病」という「病気」になってしまうからだ。

さて、私の場合であるが、今の「沖縄病末期症状」こそ治療にいき詰っている。が、苦しいというわけではない。むしろ、二度にわたり経験した心臓神経症・不安神経症こそ生き地獄であった。

④ 治療の内容

現在、処方されている薬はレキソタン、これは弱い鎮静剤であるが、三〇年以上現役をつとめており、信頼性も高い。私との相性は抜群によく、私はこれを「夢の万能薬」と呼んでいる。かつて、二〇世紀初頭、アセチルサリチル酸（アスピリン）が合成されたとき、人々はこの鎮痛・解熱剤を「夢の薬」と呼んだ。だが、胃壁を傷つけるという副作用を持っていた。

鎮静剤には、はじめの頃、セレナール、セルシン、リーゼ、レスミットなどが処方されたがまったく効き目がなかった。だが、レキソタンには私が体験し、私の知るかぎりにおいて目を見張る効き目があった。副作用も、習慣性も依存性もない。ごく自然に心が落ち着く。眠くもならないし、かえって集中できて頭が冴えるほどだ。こいつはお奨めの鎮静剤だ。

だが先生は不思議がる。「この薬は、三〇年以上も使われているごくありふれた薬で、ほかの鎮静剤と成分的にはそれほど変わりはないはずであり、この薬だけが効くというのは、相性とでもいうんでしょうかねえ。まあ、古い薬で実績もあるから、安心といえば安心ですがね」

また、こんな相談をしたこともある。「先生、私も五〇歳になり、どうも更年期障害のようで、かったるいし、やる気が出なくて困ります」

先生は、私が尊敬する人物の一人だ。それは、けっして先生が東大医学部の出身で、長年すぐれた研究者であったからではない。人柄が好きなのだ。

それに、先生は哲学にも造詣《ぞうけい》が深く、形而下《けいじか》の生活は形而下の生活と割りきり、形而上《けいじじょう》の心の持ち方が人間を幸福にもし、また、その生活を崩壊させることにも繋《つな》がると言われた。

そして、男性の更年期障害には出方に個人差が大きく、根本的には病院で男性ホルモンの注射を定期的に適量うつことが症状を緩和させるが、一方、前立腺がんを引き起こす原因にもなる。むしろ軽い抗うつ剤を処方してもらい、心を下から持ち上げ、精神的な面から補助療法を行ったほうがよいでしょう、とアドバイスされた。

私が更年期障害の補助薬として飲んでいる薬は、抗うつ剤のディプロメール、前述した鎮静剤のレキソタン、軽めの睡眠導入剤としてデパス、必要に応じて二時間ほどの睡眠導入効果を持つマイスリーである。つまり、ごく弱い効果のごく普通の薬を飲んでいるわけであって、せいぜい仕事で戦闘体制となっている頭を、消灯時間に間に合うように、家であれば夕餉《ゆうげ》の団欒《だんらん》の晩酌で、ほろ酔い、それほど悪くないオヤジぶりで、家族一人ひとりの名を呼んで、「じゃあ、お休み」と寝床に向かう程度の心持ちにする、その程度の薬なのである。

実際、この病棟での治療は薬に重きを置いていない。

4　私が見たある精神病院の実態

(1) 精神病院の奥の奥

読者の方の中に、いわゆる「精神病院」の奥の奥まで見られた経験のある方はおられるであろうか。

私は、県職員という職業柄、各種病院の立ち入り検査をした経験がある。数年に一度実施するのであるが、その中に当時「最悪」と呼ばれた精神病院があった。私が入庁して数年経った頃、つまり二五年近く前の話である。今ではすっかり改善されて、立派な病院となっているはずだ。そう願わずにはいられないのである。

その病院の受付は、玄関を入ってすぐ左、大きな病院にしては受付には窓が一つ、職員が一名という状況であった。徹底的な経費の削減がはかられた病院であったから、受付の内部のせまい部屋の天井の電灯も消され、受付の業務に必要な電球のスタンドが下を向いて立っていた。私はそこでギョッとした記憶がある。

光の光源が下にあるため、受付嬢の顔を下から照らしたかっこうになっていたのである。それでなくも玄関ホール全体が暗い中、下から照らし出された受付の女性の顔だけが浮かび上がっているというシチュエーションなのだ。精神病院の立ち入り検査、私はのっけから暗い気持ちになったものである。

(2) 精神病院で目撃した光景

病院内は暗く、どこから漂うのか病院中がおしっこの悪臭でみたされていた。一階のトイレからして垂れ流し状態であった。患者ではない来院者もいるであろうから、このトイレは清掃員の手抜きとしかいえなかった。この一階は外来診療が主で入院患者と会うことはなかった。

気が沈んだのは地下一階のフロアであった。実はここのトイレが悪臭の根源だったのである。廊下を挟み、両側にドアが開け放された病室が並んでいた。電灯は必要最低限の分だけ灯っていたが、実のところ必要最低限どころか、次第に目が慣れてくるにしたがい、視界が広がり、目から入る情報量が増えてくるというあんばいであった。

ある者は、まるで棒のように硬直したまま、壁からやや離れた位置に立って、自分の額を壁にくっつけ、前のめりになって、驚くほどの直線的な姿勢を保ちながら、微動だにせず寄りかかっていた。

ある者は、やはり壁に向かって立っているのであるが、終始、自分の額を壁に打ちつけていた。それほど、強い衝撃ではなかったが、少なくとも私が見ている間、そして、奥まで行き、帰りがけに覗いたときにも、やはりあい変わらず額を打ちつけていた。

そのときには感じなかったのであるが、今にしてみれば、額、つまり脳の前頭葉付近に違和感か何かを感じ、壁に打ちつけることでそれを打ち消そうという反応を示していたのかもしれない。

また、ある者は、汚れきった白いボールを手にしていた。このボールを手にした者は二人いて、一人は手に持ったボールを見ているとも、また見ていないとも分からない視線で、じっと動かず立ち尽くしていた。もう一人は、ボールを壁に投げ、跳ね返ってくるボールを器用にキャッチしていた。言うまでもなく、彼は、飽くことなくその動作を反復していたのである。

二人は同じ状況にありながら、ほとんど対照的ともいえる行動をとっていた。

この二人を見て、意味合いは全然違うのであるが、ボールというものの本来の扱い方をしているか否かということから、一瞬こんな言葉が私の頭の中に浮かんできた。

「夕暮れ時、二人の囚人が、牢屋の窓から同時に外を眺めた。一人は悪臭を放つ汚い泥を、ほかの一人は輝く宵の明星を見た。(同じ境遇でありながら、一人は絶望の中に落ち込み、一人は希望を捨てなかった)」

これは、デール・カーネギーの邦題『道は開ける』の中の一節である。カーネギーは社会人を対象とした教室を開き、実際の人々の体験から人間関係、いかに生きるべきかを研究した人だ。鉄鋼王のアンドリュー・カーネギーとは別人である。

彼の主要著書は邦題『人を動かす』と本書で、歴代アメリカ大統領必読の書となっている。特に、『人を動かす』は訳者により表現は若干異なるが、読むべき本である。原題は、『How to make friends and influence people』で、ほんの一ページでリンカーンがなぜ皆から愛されたか、好かれた人間であったのかが分かる本、真実が持つ人生の機微《きび》が凝縮された名著だ。一読をおすすめする。

さて、話を戻すと、院内には、わめき散らす者、薄暗い廊下を何往復も走り続ける者など、まだ若かった私には眼前の人々の光景がまるで夢のごとくに感じられた。

どこからか、館内に響き渡るほどの叫び声が聞こえてきた。同時にうめき声も。後で分かったことであるが、電気ショックを受けている者たちの声であった。八帖ほどの部屋に五、六人寝かされ、頭に電気ショックを受けるのであるが、電気ショック療法を受けている当人は、せいぜいうめき声くらいしか出すことができない。むしろ自分の順番が近づいてくるにしたがい、恐怖感から思わず叫び声をあげてしまうのである。

なにせ、二五年以上も前の話だ。そんな電気ショック療法やロボトミー手術が行われていた時代の話である。今は最先端の精神病理学による、安全で実効性のある治療が行われていることを信じたい気持ちでいっぱいだ。

何階のフロアか忘れてしまったが、四本の廊下が交差する広いリビングのような部屋があった。広さは二〇帖以上あったものか、いや、記憶というものは、実際のスケールより誇張されて脳内に保存される傾向があるから、もっと狭かったのかもしれない。ほぼ正方形の比較的明るい部屋があった。

ほかの部屋との違いは、明るさと、無味乾燥さを軽減するための装飾品、例えば壁には絵画がかかり、大きな昔風の柱時計があり、窓際には花瓶がおいてあるといった具合であった。しかし、なによりの違いは一台のテレビが備えつけられていたことである。

その部屋には立錐《りっすい》の余地もないほどの人たちが押し合いへし合いしながら、なんとか許容量を確保していたが、私が驚いたのは、すべての人たちの目が、テレビ画面の一点に注がれ、誰一人話す者がいなかったということである。数えきれないほどの人たちが、自然にできた放射状の形に並び、動くことも話すこともなく、ただテレビを食い入るように見ているという、日常では思いも寄らない光景であった。

病状がもともと比較的軽かったか、あるいは快方に向かった人たちは、「開放病棟」と名づけられた所にいた。病棟とは名ばかりで、病棟と病棟とをつなぐ渡り廊下にその人たちはいた。両側はガラス窓で明るい、比較的幅の広い廊下である。そこに縦方向に畳が並べられ、小さなちゃぶ台のようなものが置かれていた。奥にはきちんと畳まれた布団が積まれていた。一帖の畳の上で生活しているのである。

私たちがそこを渡るとき、その人たちは一様に正座したまま、そして微笑みながら「ご苦労様でございます」と口々に言っていた。きっと、病棟が手狭なため、明るくて広い廊下が開放病棟となっているのだろう、そして、県の職員（背広を着た人たち）を見かけたら、ご苦労様と言うように、と病院の職員から何回も言い含められていたのであろう。彼らは一種の法則性を持って微笑み、「ご苦労様でした」と言い、おじぎをするのであった。

ここで、私の頭の中に浮かんだのは、禅道場の雲水たちである。

彼らは、禅道場の両側にある畳一帖のスペースを与えられ、寝起きし、座禅を組むのである。その板張りの一帖こそが彼らの生活の天地であり、娑婆《しゃば》に出るまでの住居なのだ。もっとも、禅僧たちはその場では食事はとらず、食堂《じきどう》というこれまた作法に厳しい修行場で食事をとるのであるが。

（3）現代の「子捨て山」

もう一箇所、記憶に残っている施設があった。それは、中学校卒業年齢まで、つまり、幼児、児童、生徒といった子供専門の施設だった。

そこでの記憶は多くない。私の場合、良い印象を感じたことがらについては覚えていないことが多く、逆の記憶は細かいところまで鮮明に覚えているという傾向がある。

その施設は、ミッション系であった。シスターがいて、レンガづくりの建物が多く、礼拝堂の屋根の十字架がおぼろげながら記憶に残っている。記憶があいまいなのは、施設全体、その職員たちの印象が良かったのであろう。

記憶が鮮明な部分、それは次のようなことである。

高い格子の門をくぐると、ほぼまっすぐなプロムナードが玄関まで続いていた。五〇メートルほどもあったであろうか。

入るとすぐに一人の少年が立っていた。見ると手に細い一メートルほどの棒（木の枝状の比較的まっすぐな棒）を持って、私たちを出迎えてくれた。というより、たまたま門の付近にいて、見かけぬ人々を、笑いを浮かべながら好奇な目で追っていたわけである。

こんな状況では、誰しもその棒でしたたか叩《たた》かれるのではないかと心配するはずだ。目を合わすべきか、少し避けぎみに歩くべきか、ごく自然に歩くべきか、一瞬考えるであろう。するとその職員が走ってきて、その少年に一声かけて立ち去らせると、私たちを施設の玄関に向かって案内をしてくれた。

その途中、猛スピードでこちらに走ってくる人影が目に入った。一人は中学二、三年生ほどの素っ裸の少年、そしてその後を追う若い女性の看護師であった。確か寒い季節だったので、早くつかまえて衣服を着せたかったのであろう。私の記憶はここまでで消えている。私に強い印象を残したのは次の事実であった。

その施設は山梨県にありながらも、収容されている子供たちの中に山梨県の子は一人もいなかった。収容されていたのは、関東地方から来た子供たちであった。その中で、一週間に一度、親御さんが面会に来る子供たちが約一割だそうで、極端なようだが、残りの九割の子供たちは、ここに親に連れられてきて以来、一度の面会もないとのことであった。

現代の子供版『楢山節考《ならやまぶしこう》』、姥捨《うばす》て山ならぬ、精神障害をもった哀れな子供たちの子捨て山との強い印象を受け、血が頭にのぼるほどの憤りを覚えたものである。不出来な子と勝手に思い込み、厄介払いをしてのうのうと過ごしている都会の親たちの顔が、もちろん知るはずもないその親たちの顔が次々と頭の中になだれ込むがごとく浮かびあがってきた。

そのような不人情の人間の顔として類型化されたいやらしい顔が消しても消しても現れるのであった。

ところで、くだんの『楢山節考』を書いた深沢七郎氏であるが、現山梨県笛吹市石和町の出身だ。私の親父は、甲府市川田町、石和町との境界にある町で生まれた。深沢氏は当時（昭和一四、一五年頃）その付近に住んでいて、面白い話題と当時としては珍しいギターを教えるとのことで、近所の少年たちのたまり場になっていた。しかし、その常連であった私の親父（陸士を目指していたバンカラ系）いわく、許せない「性癖《せいへき》」があり、通うのをすぐに止めたとのことである。それが何なのか私には分からずじまいである。

（4）精神病院への恐怖がもたらした悲惨な事件

親父の話が出たところで、今ではほとんど忘れられているある事件のことが思い出される。

当時、私は中学二年生くらいで、親父は銀行の支店長であった。社宅は銀行と同じ建物の中にあり、貸付係から無事融資を受けられた男性が二回ほど社宅の親父のところにお礼に来ていたのである。もちろん銀行のことだから、貸付係も担保物件を確認し、ふつうに融資を受けたわけであった。

しかし、その男性は「本当にありがたいことです」と直接かかわったわけでもない親父を訪ねてきて、深々と頭を下げていた。私はたまたまその後ろ姿を二回見たのである。親父は「よっぽどうれしかったんだなあ。借りれば借りっぱなしの人が多い中、とても義理堅い人もいたもんだ。いい人柄の男性だ。事業もきっと成功するだろうよ」といつになく嬉しそうに言っていたのを覚えている。

それから十数年経った頃のことであろうか。

ある男性が交番に押し入り、警察官を殺害し、拳銃を奪って逃走し、人質をとって民家に立てこもるという事件が発生した。その男性の氏名や顔写真もテレビで報道されたが、それを見ていた親父が「あれは、あのとき銀行が融資した人だぞ、お礼にきた。返済も済んでるし、何があったんだ。あんないい人に」と大声で言っていた。

立てこもりが長く続いたため、事件の真相もしだいに明らかになってきた。

その男性は、一時、事業も順調であったが、結局経営に行きづまるようになり、酒におぼれるようになった。そしてアルコール中毒者となり、前述した精神病院に措置入院となったのである。

彼を待ち受けていた治療法とは、くだんの電気ショック療法であった。禁酒による禁断症状のほかに、脳天から全身を走る電気の痛みと恐怖感が彼を襲った。彼にとっては地獄に等しい半年にわたる入院生活が終わると、もはやアルコールのことさえ考えるのもイヤだったはずである。

もともと彼は、アルコール依存症であったことをのぞけば、ごくごく普通の、どちらかといえば義理堅い、いわゆる「いい人」の部類に分けられるべき人物であった。

では、なぜそのような凶行《きょうこう》を犯すことになったのか。それは、再びアルコールに手を出したとき、また精神病院送りにしてやるぞと言われたことが原因であった。その言葉を聞いた彼の頭の中には、半年におよぶ電気ショック療法の恐怖が蘇ったはずである。その恐怖こそが、彼に最悪の行動をとらせたのであった。

彼は、人質を解放すると立てこもっていた人家に火を放ち、自ら命をおとしたのである。

私は、不幸にもこの事件により命をおとされた方、けがをされた方、心に傷を負われた方々に心から哀悼《あいとう》しご同情するものである。

5　治療方法は、「禅」の思想と酷似していた

(1)「禅」と同様自己と向き合う

「私の入院生活」の中で、治療の第一段階は自己と向き合い、真の自己と対峙することであり、これは「禅」の方法論と同じである。実際の治療でも、実は「禅」の方法論が精神病理学的に研究されプログラム化されている。少なくとも私にはそう思えるのである。

私の家は、前にも述べたが曹洞宗である。しかし、若い頃職場の仲間と身延山久遠寺に除夜の鐘を突きに行ったことがある。久遠寺といえば日蓮宗の大本山である。

そのときは、別段、宗派の違いなど意識した覚えがない。だが、曹洞宗は禅宗であり妙法蓮華《みょうほうれんげ》経《きょう》(法華経)に絶対帰依《きえ》する日蓮宗とは同じ仏教とは言いがたいほど性格が違う。仏典上の共通点は、どの宗派でも採用しているいわゆる「般若心経《はんにゃしんぎょう》」くらいのものである。自分が属する宗派とは異なる教会に礼拝に行くなどということは、他国では考えられないことである。

付き合いとはいえ、私には除夜の鐘さえ突ければよかったのであり、一般人が鐘を突ける寺であればどこでもよかったのである。それに、大本山である身延山久遠寺《みのぶさんくおんじ》は山梨県の宝ともいえる寺なのである。

そこで知ったことといえば、梵鐘《ぼんしょう》を打つ回数を間違えないように、僧侶が日めくり式のカレンダーのように、信徒が鐘を打つたびに、数字が書かれた紙をめくっていくことと、四九番（死苦）の紙がなかったこと、一〇八番目の鐘は年が明け、元旦になってから突くことくらいのものである。

さて、禅宗といっても、たとえば曹洞宗と臨済《りんざい》宗では修行の仕方も教えも異なる。

そもそも、禅は、古代インドのヨーガ実修法・精神浄化法の一つを、ゴータマ・シッダールタ（釈迦）が仏教の中に取り込んだものである。

只管打座《しかんたざ》、すなわち、ただ座る、無条件で座る、座禅を組むことで何かしらの悟りを望む、期待する、そういったとらわれをいっさい去り、ただ座る、無条件で座る。

これが、曹洞宗でいえば、道元が禅を志す者すべてが遵守《じゅんしゅ》すべきルールとして定めたプログラムである。また、禅そのものにこだわり、禅そのものにとらわれることを嫌い、「無為にして為さざるは無し」という無為自然《むいしぜん》・道《みち》を標榜《ひょうぼう》する「老子」の思想も取り入れられた。

勿論、目指すところは、本来の自己を知ること、すなわち「悟り」に到達することである。これは、すべての人間が自分自身の内面に備えている仏性を再発見することにある。このことは、イデア界においてすべての知識と真理を獲得し、現世に誕生後、もともと備わっている自己の真理を再発見するというソクラテスの想起説《そうきせつ》を連想させる。

禅といえば、「無念無想」という言葉が頭に浮かぶ方が多いであろうが、この無念無想を修行の方法とする宗派が曹洞宗である。結跏趺坐《けっかふざ》でただ座る、無条件で座る。道元が決めたルールにしたがい、ひたすら半眼で一メートルほど先の板壁に視線を落とす。曹洞宗では面壁して座禅する。心に浮かんでは消える心象《しんしょう》にとらわれることなく、想念を起こさない、起きれば消す、というより、想念に心を向けず、いかなる心象にもとらわれず、想念が消えていくのに任せる。人間的想念が消え失せた先にあるのは、後験的《こうけんてき》に外的世界または内的世界から取得したいっさいの想念の消失した、本来の心、本来の自己である。

臨済宗の座禅のプログラムは大きく違う。見た目では、面壁《めんぺき》ではなく、廊下をはさんで前方の修行僧と向きあって座る。視線の位置は同じであるが。

臨在禅の特徴は「公案《こうあん》」（無理会話《えわ》）を用いることである。「公案」とは日常生活の中での知識では解けない矛盾撞着《むじゅんどうちゃく》な命題である。メタななぞなぞである。

たいがいの雲水に課せられる最初の「公案」に「隻手《せきしゅ》の音声《おんじょう》」がある。隻手とは片手のこと。片手を打ち鳴らす音を聞けということである。両手なら拍手が容易にできる。片手でいかにして手を打ち鳴らし、その音を聞くことができるのか。

若い雲水は、必死で考える。乞食《こつじき》行すなわち托鉢《たくはつ》をしながらも、その難題に悩まされる。最後には自分が難題そのものになっていることにさえ気づかない。日常茶飯《さはん》の頭では答えは出てこない。はっと気づき、老僧のもとに行き、緊張の汗を流しながら、自分の考えた答えを述べる。老僧はしばらく瞑目し、やがて鐘を振り鳴らす。答えが不十分なのか、的外れなのか、いっさい明かされない。鐘は不合格の合図である。

禅の修業道場、禅寺において、老僧の良し悪しはきわめて大きな要素である。しんまいの雲水の答えを聞き、答えのない、あるいは無数にある答えの中で、その雲水の心中を評価するには、老僧自身の深い悟りと見識が必要だからである。

一方、雲水は否定された答えは、考えた末の結論に見えていた。彼の有限なる精神世界ではそれ以上の答えを見いだすことができなかった。雲水は、それまでの娑婆の世界、日常茶飯に飼いならされた心を捨てさらなければならなかった。

臨済宗の中興の祖、五〇〇年に一人の逸材の僧と呼ばれた白隠慧鶴《はくいんえかく》は、若い修行僧時代、行雲流水の中、失望し、あるいは天狗になっていたとき、老婆のほうきでしたたか頭をなぐられ、大悟したとのエピソードが残っている。

白隠は、とらわれから脱した自然放爾《ほうに》な心から、仏も神も閻魔《えんま》大王もかつぎ出し、農民、庶民にも分かりやすく法を説き、ひらがなの著作をも著した。公案も見直しを行い、効率的な教育システムに改めた。

「隻手の音声」と「趙州無字《じょうしゅうむじ》」という二つの公案を第一のものとした。二つ目の公案の趙州とは高名な僧の名である。

（2）過度の「禅」はかえって心身症を引き起こす

こうした教育プログラムの中では、多くの雲水が病むこととなった。頭の使いすぎである。現在ではいわゆる自律神経失調症と呼ばれる症状、肺金焦枯《はいきんしょうこ》といわれる状態である。肺金焦枯、肺は熱気を帯びて焼け、頭は活火山のごとく、また、足は真冬のオホーツクの海に浸したかのように血の気がなくなる。

白隠は、自身も経験したこの禅病の治療の方法・内観の法（心理学的にはイメージ・トレーニングあるいは自己暗示、漢方医学では「気」を臍下丹田《せいかたんでん》に落とし、頭部で滞留している気を下半身に巡らす方法）を含む『夜船閑話《やせんかんな》』を著した。

この『夜船閑話』のほか、白隠ならではの庶民を意識した、機知にあふれ、自由闊達な話し口の『八重葎《やえむぐら》（巻之二）延命十句観音経霊験記』などが著された。

十句観音経は、四二文字で完結する最も短い仏教経典である。白隠はこの短い経文に注目した。その霊験のあらたかさに驚いたともいわれている。

この経文を真摯に繰り返し唱えることにより、病を癒し、霊格を高めることにも通じると考え、「延命」の二句を冠し、一般庶民への周知・布教を図るため、ひらがなで十句観音経にまつわる不可思議な実話を加えて霊験記とした。

この経文についてであるが、その後日本の内閣の重鎮となる方が重い肺結核を患っていた頃、これを繰り返し繰り返し唱えながら、せめて世の中のために尽くそうと、駅や痰つぼの掃除を続けていた。結論を言うと、彼は完治し、代議士として、駅だけではなく、日本国のために尽力したのである。

観音は、古代インドでは男性であった。日本に伝わると母性的性格を持つものとされ女性化された。だが、観音は男女を超えた絶対神であり、男女の区別はない。だが、実は男性であり、女性でもある。仏像は大日如来にしろ釈迦の像にしろ、印を結んでいる。救世の印である。観音だけは、その観音の前に立つ人間を合掌し、拝んでいるかのようである。

白隠にとって、すべての人間の仏性は観音である。「観世音　南無仏　……　念々不離心」と繰り返す。観世音は自分の本来の心である。この観世音に絶対帰依する。行住坐臥、常に自己の仏性である観世音のことを想い続ける。その間、雑念は起こりにくい。マイナス想念は浮かばない。人間は同時に二つのことを考えることができないという原則に従い、プラス想念に充たされる。それは自然治癒力を高め、奇跡的な結果をもたらす。

現在でもこの方法は行われている。たとえば、私自身はこの方法の優れた点を取り入れ、自分流に変えて実践している。パスカル流の賭け理論によれば、仮に効果がないとしても、損をするわけではなく、もしも効果があるとするなら、そのメリットは絶大であることになる。

さて、公案の解釈に苦労し、かの「隻手の音声」をクリアした雲水に話は戻るが、ほっとしたのはつかの間、すぐに「隻手の音声を表で聞いたか裏で聞いたか」なる公案を与えられたのであった。禅の専門道場の主である老僧とは、釈迦と同じ悟りに達したとされている。雲水たちの修行は前途遼遠《ぜんとりょうえん》である。

（3）アカシックレコードとの関連

ここで、「悟り」に関連し、記憶円盤・アカシックレコードに触れておきたい。この宇宙の記憶、記録、出来事の詳細のすべてが記録されているといわれる未知の円盤は、旧ソ連、アメリカ、日本などで多数撮影され、そのすべての写真で人間の左ひじ付近に出現している。このアカシックレコードの一部解読は、修行の成果としてトランスヒマラヤ密教の何人かの行者に、また、偶然としては、ドイツの靴職人ベーメなどによって行われている。これに基づく思想全般は神智学《しんちがく》・セオソフィアとして位置づけられている。

その真実だけが持ちうるダイナミクスは、哲学者たちに反論の余地も与えず、靴職人（シューマッヒャー）のベーメを哲学者として哲学史上にその名をとどめさせた。

ベーメはギムナジウムにも進学せず、徒弟制度《とていせいど》のもとドイツ各地で修養し、故郷の近くゲルリッツで靴やとなった。二四歳のときである。この際、彼が靴づくり（シューマッヒャー）であろうと刃物鍛冶（メッサーシュミット）であろうと、腕のいいいかなるマイスターであろうがどの道同じなのである。

要は彼が哲学を学んだことがなく、哲学用語もラテン語も知らなかったということである。

私は、まず神秘主義が個人的に嫌いである。神秘体験はないとはいわないが、あるともいわない。私は不可知論者なのである。その意味では、かねてはその存在価値さえ否定していたギリシャのキニク学派にも、近頃は親しみさえ感じている。

英語の「シニカル」の語源ともなったキニク学派は、知識、現実に重きを置かない。むしろ無視している。

その代表者はディオゲネス（ダイオディニーズ）であるが、彼らにとっていわゆる「運動」はない。学習も、論証も、議論も、論理化もない。「無為自然」な生き方（老子の生き方に通じるところがある）、とらわれのない生き方があるのみである。ディオゲネスは樽を輪切りにした住居（と呼べるかどうかは別として）で、昼はひなたぼっこをすることを習慣としていた。

キニク学派は不可知論ではないが、判断という運動さえなければ不可知論と同じだ。

いずれにしても、私は基本的に不可知論者であって、客観的論証が不可能な神秘主義は私が扱う埒《らち》外の存在である。

それにしても、アカシックレコードはなぜ人間の左ひじに出現するのか。禅の工夫の一つに、心を左の掌（たなごころ）に置くようにとの注意があるが、悟りに至るための手段である座禅において、右手ではなく、なぜ左手に心を置くように諭されているのか。

私には、過去の悟りの経験者の体験が、現在に伝承されているように思われてならない。

さて、本題に戻らなければならない。

クリスマスで沸いた日本列島は、大晦日には仏教徒となり、仏教寺院に押しかける。午前零時になるや山門を入り、我先にと本殿に向かって駆け走る。

しかし、多くの場合、寺であればどこでもいいのである。菩提寺《ぼだいじ》に詣でる敬虔な、あるいは地域ぐるみの参詣などは、もはや例外に近い。自分が何宗なのかを知らない者、初詣の寺が何宗なのかも分からぬまま、小銭の賽銭《さいせん》を投げ、自分勝手な大きな、また物欲あふれる願いごとで、寺全体がカオスのオーラに包み込まれているかのようである。

仏教は、概略的に見れば、上座部仏教（小乗仏教）、大乗仏教に大別され、また、顕教《けんきょう》、密教《みっきょう》と自力門、他力門に分けられる。

私の家の宗派は曹洞宗である。道元が開山した永平寺と鶴見の総持寺《そうじじ》を大本山とする自力門である。

私的には、ある一つの経験から曹洞宗を気に入っている。その経験については、今は語らないが、自分の部屋で半跏趺坐《はんかふざ》して、瞑想がかなり深まった状態で起きた、臍下丹田における現象とでも言うしかないものである。

ここでは、仏教の宗派云々は語らない。一曹洞宗の宗徒が他の宗派についていて何をかいわんやである。要するに仏教といってもいろいろな宗派があり、仏陀を起源とするにしても、その教義、方法論には著しく大きな違いがあるということが確認できればいいだけの話である。

ちなみに、私は先祖代々が属していた曹洞宗は好きではあるが、あまり熱心な宗徒であるとはいえない。

だが、禅を好む私にとって、曹洞宗徒であることを誇りにしている。

元旦、三が日、直前まで釈迦に発する仏教徒であった日本人たちは、今度は神社神道《しんとう》系の信者に豹変する。豹変《ひょうへん》とは、本来はよい意味で使われる言葉である。君子は豹変する。つまり徳が高く、判断力、実行力に優れた人は、自らの誤りに気づくや、それを豹のはっきりした豹柄のように判然とすぐに改めるという意味である。

ここでは、近頃使用される意味、つまりあまり誉めた意味ではない方で使わせていただく。日本人は一瞬にして、にわか仏教徒から神社神道に宗旨《しゅうし》替《が》えを行うのである。一神教のクリスチャンから、その中間の宗派を経て、アミニズム（「精霊信仰」、「汎霊説《はんれい》」、「万物、森羅万象《しんらばんしょう》に神がやどるとする考え方」）の一信者に変貌《へんぼう》を遂《と》げるのである。

これは、地球上で、また、歴史上でもわが日本人にしかできない芸当であり、日本を除く全世界の人々にはとうてい理解できない精神構造、社会構造である。

（4）信仰の自由がある中で、こと信仰に関しては、日本人は紛《まぎ》れもなく世界一ふしだらな国民である。

このように、やまとんちゅ、日本人の宗教観ほどトンチンカンなものはない。

年末、この国の人々や、デパートの類い、洋菓子店、テレビ局、雑誌などのさまざまなメディアなど、こぞってクリスマスで盛り上がる。そのほとんどはクリスチャンではない。

カトリックであれ、プロテスタントであれ、イギリス国教会であれ、欧米、オセアニアをはじめとするキリスト教の国々、あるいは、キリスト教徒の多い国々でクリスマスブームが毎年巻き起こるのは当然であり、救世主が誕生した日を祝う最大のイベントであることはよく理解できるところである。

信仰は、地上で生きるためになくてはならないものであり、クリスチャンにとってキリスト生誕祭は、一年を通じ最も意義深く重要な日に違いない。

欧米人にとって、バプテスマ（洗礼）を受け、クリスチャンとなることは、日本人には想像しがたいほど重要なことである。

たとえば、デカルトの孫弟子にあたるスピノザは、デカルトの合理的な方法論を極限まで突き詰めた哲学者である。『エチカ（倫理学）』、『神学政治論』などを著した聡明な思想家として哲学史に燦然《さんぜん》と輝いている。その結論は、キリスト教の根幹をひっくり返す、いわばコペルニクス的転換というべき内容であった。

神の本質の第一は「無限性」である。これを突き詰めると、神の創造物とされるこの世界、地球もまた神の一部、というより神そのものとなる。なぜなら、この地球が神の一部でないと考えるならば、神は地球を除く部分での無限者となる。神の「無限性」が否定されるからである。神が無限でありながら、この地球が神の一部でないならば、地球を除く世界だけが神の無限性を体現しているものとなる。これは、神が「有限」な存在となることを意味する。

土も、水も、恐るべき黒死病の原因であるペスト菌さえも神の一部である、という結論は、神の本質である無限性から当然に引き出される結論であるが、これはすなわち「汎神論《はんしんろん》」にあたる。キリスト教の根本教義である唯一神、及びトリニティ（三位一体論《さんみいったいろん》）を否定することになる。この結論は、「人間もまた神である」という命題を必然的につくりだすからである。

スピノザは異教徒の烙印を押され、キリスト教から破門されることとなった。当時のキリスト教世界において破門されることは、お前は人間ではないと宣告されたのと同じことなのである。

生活の糧を失ったスピノザは、アルバイトでレンズ磨きを行っていた。そのレンズの数枚はガリレオの手にわたり、史上初の天体望遠鏡の完成に利用された。この望遠鏡が、ガリレオにコペルニクスと同じ地動説を唱えさせたのである。歴史における偶然性の面白さである。

時代を経ても、欧米人やキリスト教国の人々にとって、クリスチャンであることは、その人生の意義づけ、倫理観、精神的支えなどにおいて、かけがえのない至宝なのである。

ところで、イエスの誕生がいつなのかは未だに解明されていない。一二月二五日と位置づけられたのは、当時のヘブライ人にとって冬至の日が重要な祝祭日であったことに由来している。冬至を過ぎれば、日に日に春に近づくのみである。

中国でも「一陽来復《いちようらいふく》」に向かう日として祝われる。本来の冬至の日と二、三日ずれていると主張される方は、当時の冬至が不正確だったものと受け流していただきたい。

聖書には、マタイによる福音書、マルコ、ルカ、ヨハネによる福音書などがある。本来なら、聖書、福音書は一種類であるはずである。いずれもイエスの福音を伝えるものであり、同じ内容を扱った福音書を五種類は不要と思われるであろう。勿論、黙示録やローマ人への書簡などはまったく別ものである。五つの福音書は、彼ら福音書記者が、イエスの死後、五〇年、一〇〇年近く経ってからイエスにまつわるエピソードや歴史的事実などを調査し、聴取しまとめ上げた著作なのである。詳細な部分が不明確であることはいたしかたないことだ。だから、五つの福音書を掲載しているのである。確かにそれぞれに特徴がある。

最新の神学では「様式史的研究《ようしきし》」が主流である。様式史的な研究とは、イエスが生存していた当時の生活様式、考え方、概念などを科学的・考古学的に再構成して、真実を明らかにしようとする試み、方法論である。

さて、キリスト教とクリスマスの話はこのあたりで切り上げたい。きりがないからである。クリスチャンにとってのクリスマスの持つ意義の重要性が分かればいいだけのことであるから。

ところが、我が日本人、やまとんちゅときた日には、クリスチャンでもないくせに（真摯《しんし》な本当のキリスト教徒の方々は勿論別である）国をあげてのクリスマス騒動にわきかえる。しかも、前日のイブが本番で、当の二五日のクリスマスにはすでにお祭り騒ぎは終わっている。二五日こそ、本当の日本のクリスチャンにとっては神聖な救世主の降誕祭となるのだが。

それから一週間目の大晦日、日本人は仏教徒に変貌する。名刹、全国の名だたる寺はもとより、地元の寺も日本人たちでうめ尽くされる。

そして、元旦、三賀日、日本人は一転して神社神道系の宗徒と化し、神社に群れ、賽銭を投げ入れ、名も知らぬ神に祈る。鮮やかというしかない。その変貌振りは他国の人の度肝《どぎも》も抜かんばかりである。

信仰を持つ持たないは個人の自由、何宗に属そうが個人の自由であるが、ほんの一週間ほどの間に、少なくとも三種の宗教の教義を超越し、その儀式に進んで参加し得るのは、我が日本国民をおいて他に例を見ることはできない。驚くべきことである。

その原因はどこにあるのか。日本人の一部は熱心な宗教信仰者であるが、ほとんどの日本人は、いかにいろいろな宗教的イベントに参加しながらも、基本的に無宗教、無神論者である。

無宗教、無神論者であることは、思想・信仰の自由であり、個人個人の主観的な自由であり、何の問題もない。

問題なのは、実は日本人は他国民以上に無意識の中で神を信じていながら、他国では考えられないその無節操《むせっそう》さにある。だらしなさ、というか真剣さが微塵も見当たらない。それでいて、心の奥底には、普段は意識もされない、あるいは忘れ去られ、あるいは意識的に否定された確固たる信仰心が根づいている。根づく、まさに「根の国」である。

宗教学者や民俗学者、文化人類学者などは、その原因についてそれぞれの立場、視点から分析する。

ここで、それらを引用し、比較しながら論ずるのはたやすいことである。それぞれが、もっともらしく、真理を突いているようであり、そのすべてを採用しておけば安全この上ないことである。

が、もう一度、純粋に「論理的」に考えていくプロセスは、実は「沖縄病」治癒のために是が非でも必要なことであると私は考えている。

いっしょに考えてみたいと思われる読者の方は、そうされるに越したことはないし、その必要はないと考えられる方は、何もこんな作業に貴重な時間を割く必要などさらさらないのである。あるいは暇つぶしで付き合おうと考えておられる方もいるであろう。

いずれにしても、当然のことながら、まったくの個人の自由であり、また、私もこのような拙著にここまでご同行いただいている方などいないであろうと考えているので、非常に安気に書き進んでいるだけである。

6「存在論」からのアプローチ

(1) 東京下町での、昔かたぎの父親と、哲学に少しばかり目覚めた息子との会話

① 親子の会話がコミュニケーションとして成立しない状況

ある日、大学の文学部哲学科に学ぶ息子が、大工の棟梁である父親に話しかけた。この二人、息子が中学に進学した頃から、話らしい話をしたことがなかった。

私自身は、父親も健在であり、学生の息子もいる。現在、息子の立場も父親の立場も両方経験しているから理由は分かる。お互い気恥ずかしいのである。それだけのことで、親子のコミュニケーションが簡単に成り立たなくなる。

永六輔氏が、たまたま道で父親と出会われたそうだ。氏のお父さんは浅草にある由緒ある浄土真宗の寺の住職である。二人は段々近づいてくる。久しぶりの出会いである。何と声をかけたらよいであろう。親子であるから、久々な出会いとはいえ、他人行儀なあいさつは場違いである

し、高僧である父親にありふれた親しすぎる声をかけるのもためらわれる。結局、お二人は無言のまますれ違わられたとのことである。

父親と息子との間には、特有の「恥ずかしさ」があるのだ。

夕べの食卓を囲みながら、息子が父親に語りかけた。

「父さん、今日、授業で習ったんだけど、この世界が存在することを証明することができないんだって」

長年、話らしい話から遠ざかっていたこの親子にとって、この発言は唐突すぎる内容であった。父親は、まず息子から話しかけてきたことに戸惑いを覚え、次に、その話の内容について、また、唐突すぎる反論を行った。

「何を言い出すかと思えば、何だぁ、この世界が存在しねぇーって言うのか。何を聞いてきたか知らねぇがうちは代々『でーく』だ。おめえを大学まで行かせてやったのも、俺がでーくの棟梁で稼いだ金があってこそだ。

この世界が存在しねぇってのはどんな了見から言ってるんでぃ。毎日、目立てを欠かせねぇ『のこ』だってちゃんとある。カンナや墨付《すみづ》け箱だってある。じいさんの代から使ってる手に馴染んだやつだ。おめぇの母ちゃんだってここにいるじゃねぇか。それが存在しねぇーだって。

おめぇは大学で、いってぇ何を吹き込まれてきて、そんな馬鹿な話をするんだ」

「父さん、違うんだよ。この世界が存在していることを、証明することができないって言ったんだよ」

「そんなこたぁ、証明もへったくれもねぇことだ。周りを見てみろ。茶箪笥《ちゃだんす》に神棚、ちゃぶ台に茶碗、箸《はし》に佃煮《つくだに》、いってぇ何を証明するってんだ。おめぇは大学に行って、こんな当たりめぇのことも分からねぇ馬鹿になっちまったのかい」

「父さん、僕が言いたいのは、その存在が証明の対象となっている世界の存在を証明するには、その存在が確かな別の世界からしか証明するしかないってことなんだ。証明されるべきこの世界の中では、この世界の存在を証明できないってことなんだ」

「おめぇの言っていることは、まったく分からねぇ。だが、一つだけ確かなことがある。この世界はある、見たまんまにある。そのことにちゃちゃを入れることにゃ何の意味もねぇってことだ」


世界はあるがまま、見たまま存在する。そこに何の疑念も挟む余地はない。

普通の人間、ほとんどの人々は、毎日を見たままの世界と認識し、その中で何の疑念も持たず、人生という舞台の中で、自分の役割を演じ、あるいは役割を取り違え、煮えきれない演技を終えて、人生劇場の幕をおろす。その後の消息など誰も考えない。

これが普通なのだ、当たり前なのだ、という考え方は、「素朴的実在論《そぼくてきじつざいろん》」と呼ばれ、かつての哲学の「存在論」の中では、そもそも議論の対象からはずされていた。

話を挟む余地がない、というより、存在の本質に迫ろうとする存在論にとって、何の意味も持たない考え方なのだ。世界はありのままに存在するという考え方からは、いかなる哲学も、科学も生まれてくる土壌はない。

そのまま世界が与えてくれる刺激に反応し、あるいは感情を喚起され、その連続の中で、地球上のやや上等な知能を与えられた生き物として、生まれて、できれば幸せに、いや十分幸福なにそのことにさえ気づかず、さらに幸福とやらを追い求め、あるいは、少なくとも世間様より見劣りしない程度に生きて、子孫を残し、死んでいく。

これが「素朴的実在論」者の人生観であり、おそらく、あなたも、そのお一人であろう。この考え方は、そもそもあなたが正常な精神の持ち主であることの証であり、あなたが精神的に健康な証拠なのであって、あなたは安心していいのである。

あなたは、先ほどの大工の棟梁と同様に正常な人間なのである。だから、胸をなでおろしてもいいのである。これは皮肉でもなんでもなく、そう考えるのが正常なのである。考える必要のないことを考えるのは人間の悪癖である。

動物たちは素直にこの世界の中に生き、雨や暴風、暑さや酷寒に耐えながらひたむきに生きている。その無邪気さをこそむしろ見習うべきなのである。

皆さんは、この親子の会話を読み、のっけから話の本筋から逸れてしまっているとお考えであろう。

しかし、それは誤解である。

「沖縄病」なるものが、仮に病であると仮定するなら、心、精神の病であり、病の対象である「沖縄」は、一体、本当にありのままに存在しているのかどうか、エメラルドグリーンの海、一年に一度、同一種の珊瑚が同じ日の夜中に産卵する生命現象、聖域である御嶽《うたき》にまつわる伝承、沖縄の女性が突如カンダーリィ（神懸かり状態〔神倒れ・神垂れ〕で我を取り戻すまで何年でも彷徨《さまよ》い続ける状態）し、「ユタ」と呼ばれるシャーマンとなって発揮する超常識な能力など、基本に立ち返って、根本的に考えてみる必要性を感じないであろうか。

「概念」や「命題」を不確かなまま重ねる議論は無意味であり、さらにそれを考察の対象とするならばなおさらである。例えば「精神」という概念を皆さんはどのように説明するであろうか。私は興味津々である。どんな明快な説明・解釈が返ってくるのかわくわくする思いである。

まだ、フロイトが登場する以前、深層心理学が確立されていなかった時代、カントは、生まれつき人間の認識構造の中にカテゴリー（範疇《はんちゅう》）があり、生後獲得したさまざまな表象はこの中に分類され、概念となり、人間の認識作用が形成されていく。これを統括する意思、自己意識が「先験的統覚《せんけんてきとうかく》」であると説明し、ソクラテス・プラトンからはじまった観念論と、アリストテレスを起源とする経験論の仲人役を買って出た。ドイツ観念論とイギリス経験論の間の底知れぬ川の橋渡しの役割を演じたのである。

精神、認識、その対象となる存在。これに費やされた二〇〇〇年以上の哲学的議論については省きたい、少なくとも簡単に済ませたいと考えているが、実はまだ、大脳生理学でも、心理学でも、精神病理学でも、量子力学でも、素粒子に関する理論物理学でも実証できない、あるいは、作業仮説以前の事象が多すぎるのである。

なんせ、一九〇三年一二月一七日、ノースカロライナ州キティホークで行われたライト兄弟の一二秒間の初飛行から、まだ、一一〇年足らずしか経っていないのである。アメリカで実施されたアポロ計画に使用されたコンピュータは、8ビットのファミコンの性能にも及ばなかったともいわれている。

我々人類は、まだまだ近代科学の黎明期に生きているのである。

今から一〇世紀後の人類でさえ、一〇〇〇年前のわれわれの時代の科学を、幼稚な科学の目覚めの時代と位置づけながらも、なお解決できない課題を山ほど持っているに違いない。

それゆえ、これまでに、哲学者たちがその生涯を賭《と》して研究・論議されてきた内容は、アナログなゆえに、今後のデジタルな発想では二度と論じられないものであるからこそ、貴重であるとともに、真実の一部を内包している可能性がある。

②「合目的的確さ」は達成されたのか。デカルトのコギトを、長い間正しいと考えてきた人々は、再びデカルトと同じスタート台に立たされる

近代哲学の祖と称されるデカルトは、それ以前に正しい知識と見做《みな》されていたものの誤謬《ごびゅう》と不確かさに苦悩していた。彼は非常に苦労した結果、自分の哲学体系を、疑う余地のない真理の基礎の上に構築した。その第一歩となる命題を高らかに表現した。確かさへの確実な一歩である。

Je pense, donc je suis. 我想う、ゆえに我あり。私は考えている。ゆえに、私が何にせよ存在していることは確かである。彼は、これを当時の原則によらずに、ラテン語ではなく、母国語・フランス語で書いた。誰でもが読めるようにという意図である。

このことは、同じくラテン語で書かれ、司祭以外には読めない新約聖書を、ギムナジウムに入学したことのない、一般の人々にも分かるようにとドイツ語訳を行ったルターを思い起こさせる。デカルトの論理的な近代的方法論、また「明晰・判明」という概念そのものも多くの思想や科学、そして文学にまで大きな影響を与え、その功績は哲学史のカテゴリーをはるかに超え、燦《さん》

然《ぜん》と輝いている。

しかし、不運にも、その第一歩となった、第一命題は正しいものではなかった。

この第一命題は、友人の牧師が逆にラテン語に訳し、Cogito ergo sum として、哲学史上でも最も有名な命題の一つとなった。デカルトのコギトである。

この第一命題は、論理学上、三段論法（前件肯定式）として正しいものではない。この論理式には、形式的には、まず「大前提」が省略されている。

三段論法の前件肯定式は、大前提「AならばBである」、前提「Aである」、結論「よって、Bである」。

デカルトの前件肯定式では、いきなり、前提から提示される。前提「私は考える」、結論「よって、存在している」。

大前提を補足するなら、「私が考えるならば、私は存在している」である。以下、前提「私は考える」、結論「よって、私は存在している」となる。

しかし、この場合でもデカルトの演繹《えんえき》は、論理的に正しくない。なぜかといえば、この大前提の内容は、結論の内容よりもはるかに豊かであるからである。演繹においては、帰納法《きのうほう》と違い、結論の中にある事実的な内容のすべては、すでに前提の中に暗々裏に含まれている。帰納法では、結論は、前提には、暗々裏にも存在していない情報を含むという特徴がある。

このような論理学の初歩においても、デカルトのコギトは正しくないことを論証できる。かといって、デカルトが誤りであるとは言えない。デカルトの命題は正しいかもしれないし、おそらくは正しいと推定される。推定すると言わざるえないのは、先ほどの大工の棟梁（人類の代表者という意味である）と同じ素朴的実在論者となるのを潔《いさぎよ》しとしないからである。

認識論、存在論の中には「唯我論《ゆいがろん》」といった手ごわい思想も存在する。この世界は自己がつくり出しているもので、自己の死と同時に消滅するという、古くからの思想である。我々にとっては、破天荒で取り留めようもない思想であるが、この考え方は、我々が自己の存在の証明ができないのと同様に、我々もまた、この考え方が誤謬であるという論証ができないのである。

結局、我々がデカルトから得たものは、注意深く論証を積み重ね、非論理的な道に踏み込まないよう留意することを忘れてはならないということである。

デカルトでさえ、第一歩で躓《つまず》いたのであるから。

③デカルトより一〇〇〇年以上前にコギトを発見した男

その男は、失礼ながら、強いロシアを目指すあまり、目障《めざわ》りな大企業の有力者などを国外追放し、あるいは刑務所に放り込み、また、大規模な粛清《しゅくせい》を行ったとされる某元大統領に比べれば可愛いチンピラにすぎなかった。

粛清という言葉は、斬り殺した人数が、尊皇攘夷《そんのうじょうい》の浪士の数よりも、己の組織の中で、強制的な切腹ないし打ち首により死亡させた者の数が上回るとされる新撰組を連想させる。それでも、錦《にしき》の御旗《みはた》に背《そむ》いた賊軍《ぞくぐん》たる新撰組は、大正まで生き抜いた元隊士、神道無念流《しんとうむねんりゅう》の達人永倉新八《ながくらしんはち》が、北海新聞に連載した「浪士文久報国記事《ろうしぶんきゅうほうこくきじ》」により、復権され、時代の大きなうねりの中で、翻弄《ほんろう》されながらも武士道（畢竟《ひっきょう》、武士の身分を持たない武士道）を貫いた丈夫《ますらお》として、日本国民に愛される存在となった。

とにもかくにも、若気のいたりから、悪事の限りを尽くしたと、その男は赤裸々に自分のなした所業を明らかにした。しかし、改心し、自分のしでかした悪事のすべてを告白し、書物にして世間にさらした。その書物の名は文字どおり『告白』である。

名は、アウグスティヌスであるが、デカルトに比べれば世間の知名度は低い。そのため、デカルトからはじめたのであるが、本来なら、このアウグスティヌスからはじめるのが順序である。だが、アウグスティヌの名は一般には馴染みのない名である。似かよった、しばしば混同されやすい人物である「アウグストゥス」の方が二つの意味においてはるかに有名であろう。

言うまでもなく、彼は初代ローマ皇帝である。共和制ローマであれば、ジュリアス・シーザー(Julius. Caesar)の知名度は抜群なのだが、この二人には共通点がある。シーザーすなわちユリウス・カエサルは、それまでの太陰暦を太陽暦(ユリウス暦)に変更した。また、ついでに自分の生まれ月の七月に自分の名をつけた(英語のジュライの起源である)。

一方、アウグストゥスは、閏年の関係からユリウス暦の狂いの修正を行った。そして、これまた、ついでに八月に自分の名をつけた(英語のオーガストの起源である)。

この結果、英語の九月以降は二つずつずれることになった。一〇月はオクトーバー(October)であるが、オクトは本来八を表す。蛸がオクトパスであるのは八本の足に由来する。一二月はディッセンバー(December)であるが、語源の古代ラテン語では本来一〇を表す。英語で一〇年はDecadeであるが、Decaは、ラテン語では一〇を意味する。例えば、モーゼの十戒はデカ・ロゴス(Deca. Logos)である。ロゴスは奥深い意味を持つが、言葉の意味である。つまり、この二人は英語の九月以降を二月ずらし、七月、八月を英語で発音する度に、我々日本人にも自分の名を呼ばせているのである。

話が逸れてしまったが、アウグスティヌスは、デカルトに先立つこと一〇〇〇年以上前に、「我思う、ゆえに我あり」を唱え、その拠《よ》り所《どころ》さえ示し、デカルトもその論拠の拠り所をそこに求めているのである。

つまり、「神の誠実性」である。我々が、見て、聞いて、触って、嗅いで、味わう経験を通して、考えているという状況、これが夢やまぼろしでないとする根拠、我々は考えている、だから存在するという根拠を「神の誠実性」に求めた。

神が存在するなら、わざわざ我々の考えや思いをまやかしにする必要性があるであろうか。神は誠実さそのものであり、人間が思考しているという事実を、まやかし、翻弄することはあり得ない。

したがって、我々が考えているという状態は事実である。ゆえに、我々は存在している。

しかし、これは神が存在し、誠実であるという前提での話である。

むしろ、アウグスティヌスの方が論理的であり、説得力において優れる。

アウグスティヌスは言う。

我々の周りにあるすべてのものを疑うことはできる。果たして、肉体を通して感じられる感覚は本物なのか、事実なのか。錯覚なのか。まやかしなのか。

事実を積み上げて、論理的に思考する論証は信頼できるのか、いや、それ自体存在しているのか。

アウグスティヌスは続けて言う。

我々がすべてについて疑っていることは確かであるが、我々は「疑っている」という疑い自体を意識している。この、「疑っていることさえ疑っている」という意識は、どのように振り払おうと、根本的な「確かさ」を持っている。

「神」とは、我々人間が、疑い、迷う、その背後にある、すべての存在と事象と思考の根本的原因、すなわち万物の存在の「基底」、絶対的な前提として有るところのなにものかである。

我々が、自身を、世界を、神を疑っている、その前提として、「神」が有る。「神」という言葉に固執する必要はない。実在、根源、原因者、一者、完全なるもの、真理と呼ぼうが関係ない。

我々が疑っている、まさにその前提としてあるもの、我々の持つ概念を超えて表現できない、表現しようとする以前に、前提として存在するもの。

現代でも論議の根本をなしている課題、時間とは、空間とは、時空とは。

アウグスティヌスの思考はこの根本的課題にも及ぶ。

時間は、世界が生まれたときに生まれた（創造された）。神は時間の中にはいない。神なるものが、この宇宙、世界をつくり、時間もつくったなら、神なるものはその外に存在しなければならない。

現代の理論物理学も同様の見解をとる、もしくは主流である。宇宙が生まれた「ビッグバン」

とともに時空が生じたと考えている。それ以前のことは論じること自体無意味である。

アウグスティヌスも同じ結論を出した。時間が生まれた以前を考えるのは無意味である。時間が創造された以降であっても、時間は現在にしか存在しない。過去の歴史はあったに違いない。一〇〇〇年前の人々は、一〇〇〇年前の現在を生きていた。しかし、その時間は今は存在しない。今、今、今の限りなく一瞬に近い今、この現在にしか時間は存在しない。

だから、未だ到来していない未来においても時間は存在していない。未来はこうなるであろう、と考えているこの現在にしか時間は存在していない。

アウグスティヌスも理論物理学も、ビッグバンが起こる以前に、この宇宙、世界に時間や空間の問題を論じるのは無意味であると考えている。ビッグバン以前の状態を考えること自体が無意味である。

アインシュタインの理論が正しければ、時空間で最速は「光」、正しくは「波動」だ。光は多種多様な波動の一形態にすぎない。分かりやすい表現として「人間の目が感知できる宇宙の波動の中の微少な範囲の振動数を持つ可視光線である光」を持ち出したにすぎない。

ビッグバンが約一三七億年前に発生したとするなら、また、すべての方向に等しく膨張を開始したなら、球状に広がったはずである。

この宇宙球状説は、ダ・ヴィンチ、ニュートンと並び称される天才数学者アンリ・ポアンカレによって提出された予想、いわゆる「ポアンカレ予想」（単連結な三次元閉多様体は三次元球面Sの三乗に同相である）が、ロシア人数学者ペレルマンにより、二〇〇二年から二〇〇三年にかけて複数の論文により証明されたことからも裏づけられる。

「ポアンカレ予想」は、この宇宙を外から観測することなく、球状をしているか否かを証明する課題であって、この一〇〇年間多くの数学者を苦しめ、翻弄してきた問題である。この研究によって数学界で最高とされる権威あるフィールズ賞（四年に一度の表彰）を受賞した数学者もいる。

ペレルマンは、この難題を、数学だけではなく得意の物理学を駆使して証明した。数学者たちは、ついにこの難題が解かれたことに落胆しながらも、プリンストン大学で開催されたペレルマンの証明の説明会に出席した。

そして、彼らはポアンカレ以降数学界の主流であったトポロジーではなく、伝統的な微積分数学と耳慣れない物理学用語によるペレルマンの説明を聞いた。しかし、一人としてその説明が理解できず、さらに落胆して帰宅させられた。

ペレルマンの証明が正しいかどうか、論理の飛躍はないか。数学者たちは、物理学の本も手にしながら二年以上をかけ、彼の証明が正しいことを証明した。

いずれにしても、宇宙は、真球か否かは別として球状であることが証明されたわけである。

爆発の瞬間の時間を推計しようとか、エネルギーと電荷を帯びた素粒子の一単位あたりの数を推計しようとする試みが行われている。六個だそうだ。四個では再びプラスの素粒子とマイナスの素粒子は互いに結びつき、エネルギーに還元され物質の素が生まれない。六個なら素粒子は生き残る。その根拠は難解だ。ここで論ずべきものでもない。

我々が五感で認識する時空間以外の宇宙が存在する可能性は高い。

ある説では、時空間の宇宙の外側に、一〇〇〇光年の幅で五層の時空間以外の宇宙が広がっており、その外側には陽と陰の大元のエネルギーそのものが存在しているという。

確かに、アインシュタインの理論が示す宇宙全体の引力は、実際には四分の一しかないと計算されている。この矛盾をアインシュタインの理論の支持者たちは、引力に伴う空間のゆがみなどの「文字どおり相対的な事象」に説明の論拠を求め、反論する。

だから、宇宙は一つであるという単純な宇宙観から、多元的宇宙論が登場してくる。宇宙が四つあれば、アインシュタイン理論の重力の問題も解決できる。その実験も行われると聞いている。

しかし、先にも述べたが、ライト兄弟が一二秒間の飛行に成功したのは、人類の歴史の中ではつい最近のことだ。人類の科学など、まだ幼稚園、いや保育所の一歳児程度のものかもしれない。そこで這《は》い這《は》いしながら、天井を仰いでいる幼児と同じだ。

勿論、世界には多くの天才たちがいる。だが、まだ彼らが使える道具がないのだ。あと、一〇〇〇年したなら、測定できる計器ができているかもしれない。いや、そんなにかからないであろう。五〇年、一〇〇年で完成できるかもしれない。

だが、人類がいかなる計測器具、実験設備を開発できたにせよ、宇宙のはじまり以前、時空間を創造した何者かについて永久に知ることはできないであろう。

確かなことが一つある。天文学者や理論物理学者は気づいていることだ。宇宙空間がいかなる構造なのかは、観測結果からあまりにも不完全ながらある程度は分かりつつある。

結論は簡単だ。

ビッグバンにより宇宙は誕生したとしよう。現在の観測では、この宇宙の全体的な引力は中心に近いほど大きい。当然なことだ。膨張すれば膨張するほど、時空は広がり、天体の同士の距離は遠くなる。人口密度ならぬ天体密度は低くなる。したがって、宇宙の中心部に近いほど全体的な引力は強いのだ。

結果、光速を超える膨張速度はこの引力のため、はるか想像だにできない未来において、次第に速度が弱まり、やがて停止する。そして、宇宙の中心部に向かい、その引力に引きつけられながら縮小していくのである。膨張するものは、破裂するかしぼむかのいずれかだ。宇宙は破裂はしない。だが、限りなく縮小していくのだ。

そして、原点に戻る。ビッグバン以前の状態になる。何者かは再びビッグバンを起こすのか。単に機械的に引火するのか。その繰り返しが宇宙の輪廻だとあなたは思わないだろうか。

④デカルトから出発してアウグスティヌスに戻り両者を超えた男

パスカルはデカルトを起源とする合理主義者である。これは間違いない。デカルト同様、合理主義を掲げ、世界を、自然を観察し明晰な頭脳で自然科学に大きな業績を残している。彼は天才的な数学者であり、物理学者である。真空実験から大気圧を発見したのは彼である。

現在、その偉業から気圧はヘクトパスカル（ｈＰａ）で表されている。約一〇一三ヘクトパスカルが標準大気圧である。「パスカルの定理」、「パスカルの原理」、「パスカルの三角形」などで知られるが、「確率論」の創始者でもある。彼は、これを「賭《か》け」と呼んだ。賭博《とばく》の理論であっても賭ける対象によっては、この上もない得を得ることがあるのである。

例えば、キリスト教信仰についての賭けだ。信仰するか否かの賭けである。信じない方に賭けるか、信じる方に賭けるか。もしもキリスト教が真実でないなら、彼はもちろん救われないが、何も損をするわけではない。もしもキリスト教が真実であるならば、彼は途方もない得を得ることになる。ならば、信じる方が得に決まっている。

デカルトとパスカルの決定的な違いは、デカルトが合理主義一辺倒であったのに対し、パスカルには信仰についての考察があり、ある意味アウグスティヌスと同じ態度をとっている。

このことはニュートンについても言えることだ。ニュートンは次々と定理や原理や公式を発見する中で、その完全性に宇宙を創造した神の足跡を見た。彼にとって数学や物理学は、神を知り、神に近づく手段であった。

パスカルの有名な『パンセ』は、彼が書き残した膨大なメモの集積であり、彼の死後できうる限り時系列的に編纂されたものである。

『パンセ』の中で我々が見いだすのは、デカルトの楽観的な実在論ではない。自己の存在、神と自己との関係、不安に翻弄される自己自身の苦しみ、合理主義者である人間のキリスト教擁護論であり、後のキルケゴールに通じる実存主義的世界観である。

彼は数学者にして、物理学者、そして優れた哲学者にして思想家であった。

その哲学、思想の断片の寄せ集めである『パンセ』の中で、我々はパスカルとともに苦しみ、押しつぶされてしまうのではないかと感じる。

私が学生の頃、『パンセ』を読んで最も衝撃を受けた一節は次の一文である。

「この自分自身が、余りにもわずかなこの自分自身の命の持続が、今に至る過去、つい今しがた消え去った過去も含め、この過去と、未来、今考えた瞬間にすでに過去となった未来、いやもっと先の未来であったにせよ、過去と未来、この前後にある『永遠の挟間《はざま》』に挟まれているという事実を考えるとき、そして、自分が今ここにいて、周囲を見回しているこのわずかな空間が、私の知らない、私には縁もない『無限の空間』の中に、否応《いやおう》なく沈み込んでいく、この日常の有り様を考えるとき、私は底知れぬ恐怖を覚え、不安と怯懦《きょうだ》を感じる。

いったい、何の意味があって、何の必然性があって、自分が『ここにいて』別のどこかにいないのか。このことを私は自問するのだ。私をここに置いたのは誰なのか。誰の命令で、誰の差《さ》し金《がね》で、今、この時間に、この場所に置かれたのか。」（断章二〇五）

「この無限の空間の永遠の沈黙が、私を怖れさせるのだ。」（断章二〇六）

パスカルは、拠り所のない世界と自己のまっただ中にあって、自己の思考を書き残す。

「人間とは、そもそも人間とは、この自然・世界の中にあって、いったい何者なのであろうか。無限の中にあっては虚無に等しい。この虚無に比しては全体がある。虚無と全体との間の中間者なのか。

虚無と全体を把握することからは、所詮、『無限』によって遠く隔絶されているのであるから、自然や世界、事物の終わりとその始まりは、人間にとっては底知れない神秘のうちに隠されている。

人間は、自分自身がそこから引き出されてきた『虚無』も、自分が呑み込まれていく『無限』をも、かいま見ることさえできない。」（断章七二）
「人間と、天国あるいは地獄との間には、この世界で最も危うい生命が、中間的に存在しているだけなのだ。」（断章二一三）

このため、パスカルには無限である神と人間との間の仲介者が必要となった。
「神と人間との間には、どうにもならない対立がある。両者の仲介者がいなければ、神と人間とは何の交わりもあり得ない。この事実を認めるところにこそ『真の回心』がある。」（断章五二七）

パスカルはアウグスティヌスを学んでいた。アウグスティヌスの哲学には、神への信仰と人間の知性（あるいは理性）とは、「非連続（質的差異）の連続」として一種の「円環」が形成されているとしている。

パスカルの『パンセ』は、苦痛にまみれ、血まみれになりながら、思索が重ねられていく中で次のような結論で締めくくられている。

「私が知っていることといえば、せいぜい、いつかは死ぬということだけだ。にもかかわらず、確実に訪れる『死』について、私は何一つ知らないのだ。自分がどこから来たかも知らず、どこへ行くのかも知らない。わずかに知っていることと言えば、死ねば無に、あるいは神の怒りの手の中に落ちるであろうことぐらいだ。

私の『賭け』の理論からいって、どちらに転ぶものやら。これが、芦のように弱く、不安でいっぱいの私の今の有り様なのだ。

そこで、私はこの先、いったい自分に何が起こるかなどと考えるのはやめて、残りの人生を生きようという結論に達した。

私は、怖れもなく、何かに用心することもなく、死に挑戦し、私の将来の永遠性や虚無については不確実なまま、自然の成り行きに従って、死を迎えたいと思う。」

パスカルはデカルトの合理主義、確実性から出発し、アウグスティヌスの苦悩を追体験し、不確実性に向き合って生きるという「実存主義」に通じる結論に達したのだ。

⑤ 宮本武蔵は、同時代に生きたデカルト以上の合理主義者であった

この著者は、懲りもせずまた破天荒《はてんこう》なことを言いだした、という声が聞こえてきそうである。しかし、その根拠はある。

ルネ・デカルトは一五九六年に生まれたが、武蔵もまた一五八四年とほぼ同時期に出生している。

両者の共通点は、デカルトが西欧における近代合理哲学の祖であるのに対し、日本における戦国時代、剣がすべてであった日本における合理的思想の祖であったということである。

デカルトの思想は、ライプニッツ、スピノザと引き継がれ、近代西洋科学を生み出す根本的な原動力となった点でその功績は計り知れない。

デカルトが、机上で易々《いい》としながら合理主義を観念していた一方で、剣がすべてであった当時の日本において、宮本武蔵は命を賭《と》して、その合理主義を確立した。生き残るための合理主義だ。その道理が誤っていれば死が待ち受ける。せっぱ詰まって、追い込まれたところで生まれた合理主義だ。

戦《いくさ》、戦の戦国時代に生を受けたこの武蔵こそ、我が国における合理主義の祖であると私は考えている。

武蔵については、その出生や幼少時代の記録については、デカルトに比べ曖昧《あいまい》な点が多い。生年も『五輪の書』の冒頭の記述から遡っているにすぎず、名字も「新免」「藤原」とする説があるが、直筆とされる書状では「宮本武蔵玄信」とあり、また墓碑には「新免武蔵居士」ともある。名前については、さまざまな古文書の中で「武蔵」で統一されている感があるので「武蔵」で統一したいと思う。「武蔵」だけで十分である。

武蔵は、一三歳の折、村で不埒《ふらち》な所行《しょぎょう》を働いた有馬某《ぼう》とはじめて決闘し、有馬の刀で慙死《ざんし》させたといわれている。一六歳で秋山なる高名な兵法者を倒し、以降二九歳までに六〇以上の立合《たちあい》、決闘においてすべて勝利したと『五輪の書』に記されている。

私が武蔵について連想するとき、厳しい父親に突きはなされ、野山を走りまわる野生児の姿が浮かんでくる。腕っぷしが強く、底しれぬスタミナと体力を持つ少年。

しかし、武蔵の手になる書画は洗練されており、その文面は美しく、深い思想をたたえている。諸国を流浪していた頃、彼はみごとな仏像を彫り、生活の糧《かて》としていたという。私のいだいていた武蔵観は、根も葉もないものであって、子供の頃映画館で見た印象の一部が増幅されていたのであろう。

武蔵は野生児などではなく、英才教育を受けた文武両道に優れた人物だったのだ。

では、英才教育を施した父親は誰なのかということになるが、これまた、判然としない。古文書や碑文からもさまざまな説に翻弄されてしまう。真相は分からない。なら、武蔵の父で十分ではないか。これなら間違いようがない。ついでに、親しみが沸くように「新免無二《しんめんむに》」と仮に呼ぼう（無二斎の方が語感的に自然なのだが）。新免無二は、当理流の兵法家で十手術の達人とされている。足利義昭に召されたとも言われている。武蔵の教養は、この足利家で育まれたものなのであろうか。いや、いっさい、推測の域を出ない。無駄なことだ。

しかし、私にとって武蔵が合理主義的な兵法を用いたと確信できるには次にあげる三回の勝負で十分である。

〈宍戸某との立合〉

兵法のあり方よりも、荒削りで向こう見ずで実践こそ最上の教科書であった若き日の武蔵にとって、伊賀の里の宍戸某なる鎖鎌《くさりがま》の達人は、イレギュラーな武器と技を駆使する強敵であったに違いない。吉川英治の小説では宍戸梅軒という名を与えられている。本名は宍戸ではないともされているが、名前はどちらでもよい。

問題は、その勝負のプロセスと武蔵の発想にある。

剣術とはほど遠い鎖鎌との立合で、武芸というより、殺傷方法に近い戦術を用いられ、鎖《くさり》分銅《ふんどう》でまんまと武蔵は剣の自由を絶たれる。

たぐり寄せられ、武蔵は抗《あらが》うに精一杯の状態である。脇差しに手を伸ばすゆとりなどない。眼前には研ぎ澄まされた殺人用の鎌が、死に神の首刈り鎌同様に待ちかまえている。

剣を保持するため、武蔵の重心は臍下丹田《せいかたんでん》を離れ、上方にある。バランスが完全に崩れてしまったのだ。敵にとっては兵法どおりの理想的な展開であり、しっかりと腰をおとした宍戸がじわじわと全力で武蔵を鎌の射程距離に引き込む。


この生死を分ける闘いで、自分の大刀を捨てるという選択は、宍戸の引きつけに抗しえないと諦めたものなのか、握力の限界であったのかは分からない。

だが、相手が全力で引きつける力と、大刀の切っ先がまぎれもなく相手の真正面を向いているという状況は、二つの力のベクトルが同じ方向に働いている、働き得るという瞬時の判断を武蔵に与えたはずだ。

武蔵は、大刀を力のベクトルと同方向に、しかも渾身《こんしん》の力をプラスして投げつけた。至近距離から、質量の重い鋼《はがね》の物体が、刀身を先端に位置させながら、研ぎ澄まされた切っ先により空気抵抗もほとんどないまま、まっすぐと空を舞う。瞬時に宍戸の引きつけの中心位置である胸板を貫通したはずだ。

死中《しちゅう》の活《かつ》とはこのことだ。武蔵の心中は分からない。だが、刀を奪い去られ、首を刎《は》ねられた幾多の剣豪とは異なり、相手の高い技術と鍛え抜かれた引き寄せる力を逆手《さかて》にとっての勝利なのだ。


あるとき、武蔵は二天一流の極意を聞かれてこう答えたと言われている。

「言うまでもなく、生死を分ける勝負である。あらゆる可能性を駆使して、生き残ること。そのためには決まった流儀などないのである。あるときは一刀に渾身の技と力を注ぎ込む。あるときは、遊んでいる脇差しをフルに活用し二刀を用いる。弓があればこれも用いる。要するに、とらわれず、その場に応じた技を用いる。生き残るための自由・自然の流儀、これが二天一流の極意である」

さらに武蔵は、次のように尋ねられた。

「ならば、鉄砲があれば、鉄砲も使うのか」

武蔵は間髪入れずに答えた。

「無論のこと」

剣がすべてであったご時世に、使えるものなら何でも使う。剣より効率的なものがあれば迷わず使う。合理的な考え方だ。それが生き残るための必然的な合理主義なのだ。

〈吉岡一門との死闘〉

武蔵が生きた時代、京には剣道場、あるいは剣法と称するものが少なかった。起源は定かではないが、「京八流」なる剣法があって、これがかの吉岡流となったのではないかという説がある。

いずれにしても、当時、おおまかに言えば、関東の当流に対し、都には京流があって、二つの剣法が棲《す》み分けをしていたのである。

武蔵がこの吉岡流と試合をしたのは、あまりにも有名な話だが、息子に先立ち親父の新免無二が勝負を挑んでいる。どうやら、無二が勝利したと言われている。

『五輪の書』には、「二十一歳にして京へ上り、天下の兵法者に会い、数度の勝負を交えるがすべてに勝利している。」旨の記載がある。時代的に考えて吉岡一門のことである。小倉碑文に記された「扶桑第一の兵術吉岡」に相違ない。

この吉岡一門の試合と決闘には諸説があり、細かい真相は分からない。だが、道家角左衛門が武蔵本人から聞いたとされる話が記された『武公伝』やいろいろの古文書から、ある程度の真実めいた話を再現することができる。

第一対戦者はくだんの吉岡清十郎である。

武蔵は洛外蓮台野で清十郎との試合に臨んだ。武蔵は木刀を中段に構え、清十郎と対峙した。この野原で、陽光の差し込む方向、地面の起伏、土壌の湿り気、草の茂り具合、相手の刀、構え、握り、間合い、気合いの入り具合などを、それまでの経験と知識、持って生まれた才能と本能で探り当てる。

武蔵のモットーである相手に対する「絶対優位」を確保するため、武蔵は感覚を研ぎ澄まし、じわりじわりと優位な位置に自己を導く。相対的に相手は次第に不利な条件を強要される。

立ち位置が定まった。吉岡が間合いを詰めてくる。武蔵は相手の切っ先を見ない。八方目《はっぽうもく》といい、視点を一点にとどめず、全身を見る。

はじめてまみえる相手の剣法は分からない。

だが、真剣での打ち込みは、軽い竹刀《しない》と異なり、小手先の技は不可能だ。必ず技を繰り出すための準備動作が必要となる。足先の筋を引っ張る筋肉の動き、目には見えぬかすかな重心の移動、切っ先の微妙な動き、踏み込みをはじめた瞬間、鮃筋《ひらめきん》から大腿筋、腹筋・背筋から上腕二頭筋に連鎖する一瞬の動き。

吉岡は、電光石火の面打ちで来た。吉岡は、一撃で決めようなどとは勿論端《はな》から考えていない。返し技で決める気だ。

「絶対優位」にある武蔵は、木刀では受けなかった。重い真剣での打ち込みは、わずかながら速度が落ちる。武蔵は、自分の正中線《せいちゅうせん》を一五センチほども横にさばけば十分であった。吉岡とほぼ同時に右足を斜め前に踏み出す。吉岡の太刀《たち》を易々《やすやす》とかわしながら、その木刀は相手の面を捉えた。豪腕の二本の腕で一刀に渾身の力を込めた一撃は吉岡を仕留めるのに十分すぎた。身をかわしながらの相打ちの面だ。

清十郎は虫の息であったが、弟子たちが板の上に載せて帰った。治療の甲斐があって吉岡は回復したが、それを機に兵術を捨てて出家した。

吉岡一門との闘いは、ここからはじまった。

まず、清十郎の弟伝七郎と洛外で試合をすることとなった。伝七郎は五尺の木刀を携えて現れた。顔には心の底からあふれ出る憤怒《ふんぬ》の形相がそのまま現れていた。清十郎との立合と異なり、武蔵が「絶対優位」を確保するための暇《いとま》はなかった。

だが、怒りに駆られ、自己を失った相手が、素振りの練習に用いる重くて長い五尺の大木刀を上段に構えている。剣の技術の差を、木刀のリーチの差で補い、武蔵の間合いの外から打ち込もうとする、怒りに任せた、小手先の思いつきだ。

武蔵は労さずに「絶対優位」を確保した。

大太刀が唸りをあげて、振り下ろされる。それを武蔵は木刀で横に叩きつける。伝七郎に体当たりし、易々として五尺の大太刀を奪い取った。

そして、丸腰となった男の頭を、ずしりと重い五尺の木刀で、鉢金ごと叩き割った。


こうなると、吉岡一門の面子《メンツ》というより武蔵への憎しみだけがすべてとなった。一門の誉れも捨て去り、武士の誇りも消え去って、集団で武蔵一人を斬り殺す、射殺す、叩き殺すことだけが決闘の目的となった。

大勢で取り囲んで打ち果たすべしとして、清十郎の嫡男《ちゃくなん》亦七郎、当時一七歳を旗印とし、洛外一乗寺下り松《らくがいいちじょうじくだりまつ》のあたりでの果たし状を武蔵にたたきつけた。門人ら八〇名弱、太刀はもとより、槍、薙刀《なぎなた》、弓箭《ゆみせん》を持って、すなわち、吉岡流の極意もなにもあったものか、手段を選ばずの殺人行為を企てていた。

武蔵の門弟一〇名ほどが加勢したのは当然と言うべきである。一騎当千など武蔵には現実的でない。多勢に単身で乗り込むなど、絶対不利どころか無駄な自殺行為だ。

武蔵は、この果たし合いで二刀を用いたとあるが、実際の試合に二刀で勝負をしたことはないようだ。武蔵は二刀で稽古をしていると、腕が強くなり、片手でも刀が操れ有利になるからという理由で、二刀流の稽古をした。

だが、豪腕武蔵はここで二刀を用いたはずである。

武蔵は、清十郎、伝七郎との闘いでは到着が遅れたが、今回は早くから門弟と共に潜んでいた。

そして、門弟にはこのように命じていた。

まず、真っ先に弓兵を刺し殺すべきこと。（当時の戦《いくさ》では、死亡者の死因の七、八割は弓によるものであった）

次に、右手（利き手）に脇差、小太刀を持つべきこと。

太刀は左手に持つべきこと。

左手の太刀は、相手の刀を受け流すだけでよい。

それでなくとも重い太刀を慣れぬ左手で扱うわけであるから、相手の刀を刀背（峰）で受けよ。

刃で受けてはならない。わずかな亀裂が太刀を折ることに通ずる。

峰の重さが弱い腕力の助けとなり、必ずかわせよう。

峰で受け、かわし、右足を踏み込んで小太刀で体ごと刺し、また斬るべきこと。

敗走する相手には、常のごとく、太刀を一刀に構え斬るべきこと。

吉岡一門が現れ、配置につくや、息を殺して潜んでいた武蔵の門弟が、弓兵に一斉に襲いかかり、飛び道具のほとんどを壊滅させ、周囲から襲いかかった。

相手の虚を突く奇襲、絶対優位とはいかないが、最善の策ではあったろう。

吉岡側は目を疑った。

弓兵の返り血を浴びた鬼のような形相の男たちが、右手に小太刀、左手に太刀を握り、二刀を大きく振りかざしながら突進してくる。

あわてて腰のものを抜くが、相手の振り下ろす峰打ちをかわすが精々《せいぜい》、体重をあずけての脇差が腹を抜き通る。

我に返り、面打ちに行く者も、相手の太刀の峰に打ち返される。

構え直すいとまもなく、至近から相手の利き腕の小太刀が振り下ろされ、突き抜かれ、また、胴払いされた。

二刀、しかも利き手に小太刀、両手を八双に構えたこの極めて変則的な剣法、正攻法では必ず打ち負かされるという、一瞬の錯覚が吉岡一門を妄動《もうどう》させる。

武蔵は単身、狼狽《ろうばい》しながらも斬りかかる相手の太刀を二刀でかわしながら、亦七郎に向かって突進する。

そして、何の躊躇《ちゅうちょ》もなく、立ちつくすのが精一杯の亦七郎の首を斬り落とした。

武蔵に続いてきた門弟たちは、今度は相手の中心部から周囲の者に斬りかかっていった。

武蔵と門弟たちのあまりの勢いに怯懦《きょうだ》し、敗走に移りはじめた相手を片端《かたっぱし》から斬った。

多くの吉岡の門弟たちが死亡し、また負傷した。武蔵のゲリラ戦法にしてやられたのだ。

相手が、多勢に任せてがむしゃらな汚い仕方で挑んでくるならば、その上を行くのみである。

しかし、その戦術には合理性が駆使され、相手は自己崩壊に追い込まれるのみであった。


〈「絶対不利」の巌流島での死闘〉


巌流島の決闘で有名な佐々木小次郎であるが、この剣豪についても詳しくは分かっていない。

安土桃山時代から江戸時代初期に生き、一六一二年五月一三日に逝ったことだけは分かっている。自ら巌流と称し、その剣は「物干し竿」と言われる三尺三寸の長剣。野太刀「備前長船《びぜんおさふね》長光《ながみつ》」。

この太刀は、約一メートルの長さを持つ。一般の太刀が約八〇センチであったから、床の間に飾るには見栄えもしようが、真剣の立ち会いでは勝手が違う。リーチではメリットがあるが、刀身自体の重量が重く、遠心力も強い。小次郎は、その剣を自在に操る腕の持ち主である。

「虎斬りの剣」とも言われる。斬馬刀の元祖のような剣を、想像を超える速さで正確に振り回す男だ。その真骨頂は返し技にある。

長い剣で斬り込む。怯んだ相手には目にもとまらぬ斬り返しが致命傷を与える。下から斬り上げるのだ。その様から、おなじみの「燕《つばめ》返し」とも言われる。

小次郎は小倉城主の細川忠興に気に入られ、剣術指南役であったともいわれている。

二人の東西きっての剣豪の勝負を見ようと、当時のミーちゃんハーちゃんは遠方からも集まった。そして、多くの観客の前で、当初、決闘は寺の境内で行われるはずであった。

しかし、場所は海上の舟島《ふなしま》に移され、観覧禁止となった。世紀の決闘を楽しみにしていた人々の落胆ぶりが伝わってくるようだ。

この決闘場の変更には、指南役が敗れてはという単純なプライド意識のほかに、複雑な要因が絡んでいたようだ。だが、それはどちらでもいいことだ。実際、決闘は舟島、後の巌流島で行われたという事実だけが残っている。

変更でデメリットが生じたのは武蔵の方だ。寺に付きものの墓石や竹林は、長剣の小次郎の動きを封じるには有利に働くからだ。

武蔵にとっての最大命題は、常に「絶対優位」であった。その一部がはぎ取られ、また同時に疑念が沸いた。証人がいない絶海の孤島での決闘は腑に落ちない。策略の臭いがプンプンと匂う。

小次郎が勝てばよし、小次郎が負けることは許されない闘いであることはいやでも分かる。はじめから勝敗がシナリオ化された試合。「絶対不利」の決闘なのだ。

例により、武蔵はあらゆる可能性を模索する。シミュレートする。この決闘にあたっては新免無二が武蔵のそばにおり、さまざまなアドバイスを与えたことは、かなり信憑性《しんぴょうせい》の高い話である。

小次郎が長光を研ぎに出した際、彼を兄の仇《かたき》とする者がこの野太刀を手に入れ、武蔵のもとに届けたという。そして、この恨み深い長刀を足でへし折るようにと勧めた。彼の身内を含め幾多の武将の血糊にまみれてきた刀である。

武蔵は言った。

「刀は単なる道具ではないか。刀に何の罪、咎《とが》があろう」

武蔵は、くだんの刀を無事小次郎のもとに届けよと命じた。

しかし、小次郎の愛刀、備前長船長光を目の当たりにし、手にした武蔵は怯懦したに違いない。三尺三寸の長くて重い刀だ。この大太刀を軽々と操る男。そして、自分が相まみえる刀が目の前にある。

武蔵も人間離れした腕力の持ち主であり、片手にそれぞれ重い太刀を持ち、多勢を相手にひけを取らぬばかりか打ち破る輩だ。

だが、それにしても存外に長く重い剣。剣の重さに長さの遠心力がプラスされる。その剣を目にも止まらぬ早さで、必殺の返し技をきめてくる。恐るべき相手だ。

新免無二が小次郎の刀に見立てた木刀を武蔵に突きつける。武蔵は真剣を中段に構えてみる。リーチの差は歴然だ。武蔵の間合いの外側から、恐ろしい勢いで振り下ろされる長剣。剣でかわそうが、八方目（これは少林寺拳法の用語だが）で相手の動き（どんな技にも準備動作がある）を察知し、身をかわそうが、間髪を入れずに下からの切り返し技が、脚といわず、腹といわず、胸といわず、喉といわず切り裂いてくる。


武蔵は、決闘の際、真剣ではなく木刀を用いることが多かった。真剣は、いかなる技物といえど、刃物である以上構造上折れやすい。折れてしまっては「絶対優位」は保てない。武蔵が打ち殺してきた相手は、下り松の決闘などを除けば、剛腕武蔵の木刀により頭を割られ、首の骨をへし折られた剣豪たちであった。

武蔵は、得体の知れぬ相手と度胆を抜かれるほどの大太刀に対し、如何にして生き残るかをシミュレートする。そして最も合理的な太刀をつくりあげた。小次郎の備前長船長光を上まわる長さにして、真剣より軽く、折れることのない太刀。

言うまでもなく、手づくりの長い木刀だ。小次郎のリーチを上まわり、初速も速く、武蔵の豪腕なら鉢金もろとも相手の額を打ち破ることが可能だ。

舟島にわざと遅れて到着したというのは、後世、脚色されたものである。

「絶対有利」をモットーとする武蔵は、念入りに下見を行い、当日は早めに舟島沖に停泊していた。

決闘の時刻に合わせて、立合場所からやや離れた地点に上陸した。

決闘場全体の配置や状況、幕の後に待機しているであろう弓兵の位置と距離を頭にたたき込んだ。

武蔵は緩やかに歩を進め、さらに観察した。

砂浜の深さ、堅さ、表面の起伏・凹凸のでき具合、打ち寄せる波の強さ、太陽の位置、弓兵からの正確な距離。

武蔵は、小次郎から五〇メートルほど手前で歩みを止めた。

小次郎の方が近づいてくる。決闘場の中心から小次郎を引き寄せるのだ。

振り返り、船の様子を見る。舳先《へさき》を沖に向け、船頭がこちらを見て頷《うなず》いた。


ほどよい位置で小次郎が立ち止まる。両者、慇懃《いんぎん》に立合の名乗りをあげた。

武蔵は、手にした木刀をゆっくりと上げ、八双の構えを取った。しかも、くだんの木刀を天に向かって垂直に保持した。より長く見せるためである。

驚いたのは小次郎である。

木刀、しかも自分の太刀よりよっぽど長い。


小次郎は、決闘が決まって以来、燕返しに磨きをかけていた。

小次郎の読みはこうだ。

研ぎに出したばかりの備前長船長光を疾風怒濤のごとく武蔵の面に打ち下ろす。

広く知られた返し技を封じるため、武蔵は二刀を用いるであろうと。

がら空きになった中段に、さらに磨き上げられた燕返しが武蔵の胴を抜き、腕の根本から首筋を切り裂く。

眼前の武蔵は、恐ろしく長い木刀を、広めに握り、一刀で構えている。しかも切っ先まで図太い木刀だ。自分の頭蓋の鉢をたたき割るつもりなのだ。

武蔵の木刀には仕掛けがあった。木刀の威力はその打撃力にある。真剣における峰打ちと同じであるから、構造を同じにすればよい。太い芯となる部分を前側に、また後部分は航空機の羽の形状のごとく薄くしてある。

折れにくく、強い破壊力を持ちながら、軽いのである。

この木刀が持つ、長さと軽さと強さが武蔵を絶対優位に導いていく。

小次郎は思った。

八双の構えから、武蔵は木刀で面を守った直後、その位置から渾身の力で木刀を振り降ろし、自分の小手を、とう骨、尺骨ごとたたき割るつもりなのだ。

武蔵ほどの剣豪ならば、正確な位置で太刀を止めるはずだ。

ならば、返し技は切り上げるのではなく、低く水平に斬るべきである。重力に逆らわない分スピードも速い。

足払いだ。

決まった。この勝負は勝てる。

武蔵は、八双の構えのまま微動だにしない。

相手の打ち込みを待っているのだ。

このままでは、いくら待っても勝負ははじまらない。

自分の太刀より長い木刀の相手、しかも小次郎の面打ちに備えている。

相手に面を受けさせ、低い体制での足払い。迷う余地はない。


ところで、現在では、ご存じのとおり年に一度、全日本剣道選手権が行われている。

その模様は公共放送のＥＴＶで放送されるが、いつの年の決勝戦であったか、忘れられない試合があった。

両者一本ずつ取った後の三本目、相打ちの面で勝敗が決まった。二人の審判が赤旗を上げ、もう一人の審判も白旗を上げかけたが取り消し、赤旗を上げた。

しかし、誰が見てもどちらの面が早かったのか分からなかったはずだ。

後に、公共放送の総合テレビで「ミラクル・パワー」という番組の中でその決勝戦の分析が行われた。

高速度撮影でゆっくりと再生してもどちらが早かったのか分からなかった。そこで一方の面が決まった瞬間で画面を止めてみた。両者の竹刀の位置から時間が割り出された。決着の時間は一〇〇〇分の九秒の差、わずか〇・〇〇九秒であった。

胴抜きから面打ちに変えた相手に対し、剣道界随一の面の早さを誇る選手はこれに気づき、胴の守りから相打ちの面を決意した。この決意した瞬間から面が決まるまでの時間は〇・〇九秒。この疾風のような面が相手の面打ちを追い上げる。

その結果が、人間の反応の限界を超えた勝敗の決着の瞬間を生み出した。

鍛え抜かれた剣士が振るう剣のスピードは、我々の想像をはるかに超えるほど早く、また、その判断力、反射動作のスピードは、まさしくミラクルなのだ。

さて、東西を代表する二人の剣豪の決闘は、生死をかけた闘いであったがゆえに、さらに人間のスピードの限界を超えたものであったに違いない。

はじめて立ち合う、自分よりリーチのある木刀を持った相手。

間合いは自《おの》ずと長くなる。

もともとその長剣から、小次郎と相対した幾多の剣豪たちは、自分の間合いより、小次郎の長い間合いをとることを強いられ、無念のうちに逝ったのであった。

今回は違った。小次郎は、その長剣を凌駕《りょうが》する武蔵の長い木刀の間合いを強要された。小次郎がはじめて経験する長い間合いである。

小次郎は、その間合いからいつも以上に大きく踏み出し、備前長船長光を武蔵の面に振り下ろした。

小次郎との間合いが長く、また、小次郎の踏み込みの長さが勝敗を分けた。ほんのわずかな踏み込みの時間の長さが、武蔵に相手の剣先が描く軌道を読むに足る一〇〇分の数秒かの時間を与えたのだ。

武蔵は、その位置で素早く右に体をさばくと同時に、木刀を上段に構え、瞬時に面打ちの体制に入った。

小次郎の面打ちは空を切り、一方武蔵は万全の体制から、小手ではなく面を打った。勝ちが決定している相打ちの面。

武蔵は、小次郎の頭蓋《ずがい》の陥没《かんぼつ》を、耳で聞き、両手で感じた。

勝負はついた。

武蔵は、小次郎を一瞥《べつ》することもなく、きびすを返すや船に向かって全力で走った。

驚いたのは立会の人々である。

あまりにあっけなく、まだ、小次郎が倒れていないにもかかわらず、武蔵が逃げ出した。呆気にとられるとはこのことだ。しばし、状況が掴めない。

三人ほどが、崩れかかる小次郎の方に向かっていく。

そして、小次郎の容態を看ている。

小次郎が打ち負かされたとの声が潮騒の中で聞き取れた。

弓隊に命じ、武蔵を射止めよとの声がそこここで発せられた。

だが、武蔵はすでに沖合にいたのである。

7　沖縄病を治療する

（1）まぶいを不覚にも落としてしまった方々へ、あなたのことです

私の話が、あちこち逸《そ》れたり、飛んだり、内容が変わったりで、あなたの「まぶい」が今どのような状態なのか少々不安を感じている。

私の取り留めもないような話は、頭の良い友人のKが第二部でうまく繕って、私の拙い文章を引きずりながらも結論に導いてくれるものと確信している。

さて、私のつまらぬ話はそろそろ終わりにしよう。

でも、もう少しだけお付き合いいただきたい。

「まぶい」「まぶやー」は、沖縄では、いわゆる魂のことであるのはよく知られているところで

ある。

このまぶいは、三つまたは七つあるといわれている。一人の人間には多すぎる魂の数である。七つといえば、いわゆるチャクラの数に匹敵する。だが、チャクラは「気」のターミナルであり、魂ではない。

「気」といえば、日本人は漢方医学に由来するこの概念を正しく認識していない。

「病は気から」というが、日本では風邪などの病気は、気持ちの持ち方が悪いから、例えば気が緩んでいるからとか、気持ちの持ち方に油断があるとか、だらしないとか、そのような意味に捉えている。

ところがそれは誤解だ。

日本人は、「気」の存在を信じず、また、漢方医学のあり方のイロハも知らないにもかかわらず、やれ肩がはったとか、腰が痛むなどの理由で、鍼灸の診療所へせっせせっせと通う。電気鍼やいろいろなお灸で快癒したと喜んでいる。

実際には、「気」は心や精神の類いではなく、漢方医学では実体を持つものであるらしい。気は体中に張り巡らされた経絡の中を循環する一種のエネルギー、しかも質量を持っている何ものか。人体を活動させるために不可欠な要素なのであると考えられる。

気は空気中にも存在し、深い腹式呼吸により効果的に体内に摂取できるという。腹式呼吸を行う必要性は、へそ下約五センチ、深さ約五センチあたりにあるといわれる丹田に気を補給するためである。ちなみにこの部位には、解剖学的には太陽神経叢がある。

人間は胎児の時期、へその緒を通して母親から気を受け取る。この最初の気のことを「元気」という。また、空気中に存在する気のことを「天気」という。気はリンパと同様それ自体では循環しない。「気を回す」必要がある。その方法の一つが気功である。

中国の朝の風物詩ともなっている、広場などで人々が集団で演舞している太極拳、これは気を循環させるのにはもってこいなのだそうだ。

この朝の太極拳を最初にはじめた女性は、末期の肺ガンを宣告され、それではせめて気功を試そうとされたらしい。毎朝太極拳を利用した気功を試みたところ、ガンの進行は止まり、余命数月との死に神の宣告を打ち破り、長年にわたり実行し、また、その体験から普及活動をされたとか。

実は、かなり前のことだが私も毎朝五時に起きて実行していた時期がある。

動きがゆっくりで時間がかかるため、約半分に短縮した「四十八式経絡動功《けいらくどうこう》」というものなのだが、それでも出勤時間に遅れそうになるほどだった。

元々、「気」に興味がわいたのは、かふふ駅前通りにあったデパートの書店の店長が、店内に貼りだした「次の実験・体験会は、○月○日、会場は○○で、今回のテーマは『気』についてです。」云々という手づくりのポスターを目にしてからだった。

この店長、年齢は当時二七、八歳、読書が趣味で、新しい理論などを発見するとポスターで有志を募り、実際に実験をして検証してみようという、好奇心いっぱいの人物であった。

まだ、子供がいなかった頃で、日曜はよく妻とドライブや口コミで美味しいというレストランを巡ったりしていた。

妻に、こんな研究会みたいなのがあって、仮にもSデパートの書店の店長が主催だから怪しい類いのものではないと思うよ。ちょうど日曜だから参加してみるかいと聞くと、いぶかしげな顔をしながらも同意してくれた。

当日の各自が持参する物は二種類。消しゴムと針であった。会場に行くと若者から中年まで五〇人ほどが参加していた。

各テーブルの上にはティッシュペーパーの箱が置かれていた。

店長は説明をはじめた。大まかに言うと、人体には気の出口があり、その中でも最も多量に気が出る部分が手のひらの真ん中の労宮《ろうきゅう》というツボである。

この労宮から気を大量に引き出す方法は、手のひらの真ん中をじっと見つめることである。というのも気は目からも大量に出ており、労宮を開くのだという。

例えば、誰かに見られていると感じたとき、振り向くと実際人に見られていたということは誰しも経験のあることで、これは偶然とも考えられるが、目からの気を感じて振り向いたというのが真相なのだという。（この説明はまったく説得力に欠け、会場にいた誰しもが気の存在を疑っていたことだろう）

さて、店長の指示に従い、全員片方ずつ手のひらの真ん中をじっと穴の開くほど見つめていた。

店長は頃合いを見て、もうこれくらいでいいでしょう。次は、持参していただいた消しゴムに下から垂直に針を突き出してくださいというものだった。各自のテーブルの前には、裏側から突き通された針の付いた消しゴムが置かれていたわけである。

次に、ティッシュペーパーを一枚取り出し、それを長さ五センチ、幅二センチくらいにちぎってくださいと言われた。そして、その重心が中央にくるように左右にひねってくださいと言われた。

飛行機のプロペラの形を想像していただくと分かりやすいだろう。

店長は、次に消しゴムから垂直に立っている針の上に、プロペラ状に折られたティッシュペーパーの中心部を載せてくださいと言った。ティッシュペーパーは重心がずれているのか傾いたりしていたが、微妙に調整して無事針の上に載せた。

周りを見渡すと各テーブルの上に、それぞれ四基、五基と同じようにセットされていた。何だか間抜けな感じがしてお互いに苦笑いを浮かべていた。

「準備が整いました。皆さん、この部屋の中に空気の循環がないこと、また、ご自分の呼吸により、ティッシュペーパーが動いていないことを確認してください」

よく見たが、どのテーブルの上のティッシュペーパーも停止したままである。

「ここからが実験の開始です。両手の手のひらを内側にして、ティッシュペーパーからそれぞれ五センチほどの位置にかざしてください。これくらい離せば体温による影響はありません。手のひらの位置ですが、左右の手を前後にずらした状態で固定してください。

こうして前後にずらすことにより、気のベクトルにずれが出て、これがティッシュペーパーの中心部からそれぞれのプロペラに対し、反対方向の力が生まれるわけです。

それでは、手のひらの労宮に意識を集中してください。イマジネーションで結構ですから、手のひらの中心、労宮から気が出ていると想像してください」

各自、まったくの半信半疑である。

ところが、信じられないことが眼前で起きはじめた。すべてのティッシュペーパーがわずかずつ回りはじめたのである。

停止の状態から回転運動を起こす際には、動きの割に大きなエネルギーが必要であろうが、回転がはじまると見る見る回転数が上昇するのが目で確認できた。プラモデルの小型モーターとはいかないが、一秒間に一回転、毎分約六〇回転で回り続けた。

これが、気の推進力と、ティッシュペーパーの質量、針と空気との抵抗とがバランスが取れた最大の回転数であったのだろう。これは、その場に居合わせた五〇人ほどに、気の存在が確認されたという実感以上に、存外の驚きを与えるに十分すぎた。

続いて、左右の手のひらの位置を入れ替えてくださいとの店長の指示があった。

気の力のベクトルが反対方向となったため、回転は目に見えて落ちていき停止した。そして、(当然なのだが) 逆方向に回転をはじめた。

この実験によって確認できたことは、「気」と呼ばれる未知のものが確かに存在しており、しかも「気」は物質を回転させるという結果から、「質量」を持っているということであった。

中国では、医療は三種類に分かれている。いわゆる「漢方科」、漢方と西洋医学とが一体となった「中西医結合科」、それから「気功科」である。医師はいずれも難関の六年制の医学部を卒業するが、気功科の医師には頭脳の明晰さのほかに、生まれつきの資質、子供のときから指導を受けられる環境が必要である。

気功科の医師が、生後六ヵ月ほどの乳児を、手を用いての気功により自由自在に操っている映像を見たことがあるが、相手は乳児でありサクラは無理である。

また、鍼を必要な経絡、ツボに何十本も打ち、麻酔薬をいっさい使用せずに開頭手術を行った映像を見たことがある。カメラが寄ると患者の頭蓋骨は四分の一ほど外され、脳が露出していた。メスが入り脳腫瘍摘出の手術がカットなしで撮影されていた。

驚いたのは、手術されている本人が新聞を読んでいたことである。また、中国語で「痛みはないか」「体の変調はないか」などと質問されていたが、当人は落ち着いた声で「大丈夫です」と答えていた。

手術は成功したらしく、頭蓋ははめ込まれ、頭皮の縫合も済んだ。

ここでもう一度驚かされた。何と、手術直後の患者が自分で手術台から降り、スリッパを履いて病室へと歩いていったのだ。

これらのことから、「気」及びその通り道である「経絡」、またそのターミナルである「ツボ」は、そのメカニズムや組成要素などいっさい科学的に解明されていないが、経験的に、また、事実として存在しているということである。

何かは分からないが、つまり西洋医学、現在の科学では解明できないが、中国で「気」と名づけられた何ものかが存在しているということだ。

こうした「気」に関する事実がある一方で、日本人は「気」を信じない。気のせいだという。元々は空気中の気を意味する「天気」という言葉も、日本では晴れ具合、中国からの黄砂の飛来など気象用語として平気で使っている。

また、私が最も不思議に思い、驚くのは、「気」をまったく信じない多くの日本人たちが「あんま」「鍼」「灸」の治療院に、「気」のツボへの圧迫、打鍼のため、せっせせっせと通っていることだ。「気」の存在、気の通り道である経絡、そのターミナルであるいわゆる「ツボ」なくしては成り立たない医療であるのに、日本人とはつくづく……と思う今日である。

話が、大分逸れてしまった。私が「気が利かない」ことを言った証拠である。まぶいの話に戻そう。

あなたが魂の存在を信じるか、知っているか、あるいは単なる迷信であると考えているか、それはあなたの自由であって、私にはどうでもいい問題である。私はどうかということは、これまた、あなたにとってもどうでもいい問題である。

ともかく、沖縄においては、子供が驚いたり、大きなショックを受けたりすると、このまぶいを落とすと考えられている。まぶいを落とすと体調不良となったり、病に罹ったりすると考えられてきた。

大人でも、自分の家以外で死亡した場合、まぶいを落としてしまうといわれている。「ユタ」と呼ばれる巫女《みこ》、シャーマンに頼み、まぶいを戻す儀式を行わなければならない。これを「まぶいぐみ」、「まぶやーぐみ」といい、亡くなった大人の場合には、ユタが、夕暮れ時に塩と水を用い、まぶいを探してまぶいを着物の中に拾ってくる。その着物を死者に着せ弔うわけである。


さて、人間の意識、カントの言う先験的統覚を構成する要素は、脳が記憶の中から引き出した意識、あるいは五感を通して感じた意志など、脳がつくり出す意識が九割、魂から発せられる意識が一割という説がある。

胸が痛む、自分の胸に聞け、胸も張り裂けんばかりの悲しみなど、胸に由来する感情表現が数多くある。また、アメリカで心臓移植を受けた少年が、その心臓提供者の記憶を引き継いだという例もある。

実際、現代医学では、心臓は第二の脳といわれている。確かに、精神は脳でつくられているはずであるが、嬉しいにつけ、悲しいにつけ、我々人間は感情を胸で感じているという感覚がある。

それでは、まぶい、魂は心臓にあるかというとそうではない。先に挙げた心臓移植を受けた少年の場合、医学的に第二の脳といわれている心臓に、提供者の記憶物質が残っていたにすぎない。医学的、解剖学的な問題であり、魂の在りかを示すものではない。

世の中は広く、いろいろな学説があるものであるが、その中で最も多い、また、実際に観察したことがあるという説がある。

端的に言えば、魂はみぞおちの上五、六センチ上、深さ三、四センチの位置にあり、直径一センチ前後、色は青みがかった白色に輝いているという。

漢方でいうところの「檀中《だんちゅう》」、解剖学でいうところの胸腺の位置にある。胸腺はリンパに係わる機能を持つが、実際のところその機能は完全には解明されていない。

この説が最も多いことから載せてみただけのことであるが、まぶいの位置はと訊かれたら、おそらく私は先述のとおり答えるだろう。それだけのことである。

(2) 沖縄病に冒されているあなたは、そもそも何者なんですか

「あんたは何者」って訊かれたなら、名刺か社員証を見せ、どこどこ会社の社員で、名前を名乗り、肩書きを教えるであろう。さらには、住んでいる地区を教えるであろうか。

あるいは、在籍する学校の名称、あるいは誰それの妻、誰それの父親、母親、もっと踏み込めば、趣味、関心事、芸能人の誰のファンかなど、自分を知ってもらうためのさまざまな材料を提供するであろう。

それを聞いた相手は、おおかたあなたが何者なのかを知り、あなたも自分が誰なのかを知ってもらったことに満足する。

キルケゴールは、「精神とは一つの関係、関係に関係するところの関係である」と言った。

これは、この哲学者の青年時代の言葉で、本心とは異なる。卒業論文「イロニーの概念、絶えずソクラテスを顧みつつ」を書いた後だけに、多分に皮肉っぽい口調で書かれている。

さて、あなたは自分を知ってもらうため、前述のように所属会社や趣味など、思いつく限りのことを相手に伝えようとする。

だが、伝わらないであろう。

あなたは、自分自身、自分が何者なのかを何も知っていないからだ。

デルフォイの神殿で、あるいはアポロンの神殿で、巫女の口を借り、「汝自身を知れ」と命じられたソクラテスであるが、この優れた哲学者にして、ついに自分自身を知り得なかったのであるから。

こうした哲学の「存在論」「認識論」は、今や、大脳生理学、心理学、精神病理学、量子力学、論理物理学、ヒトゲノムの完全解明などの分野に移り、哲学における「存在論」「認識論」は消滅した。

最新の科学は、人間とは何かに迫る。さまざまな分野で、糸口らしきものが発見されている。各分野の研究で、何かしらおぼろげながらも答えらしきものがちらついている。

科学は、「作業仮説」を立て、その実証により結論を得るものだ。

だが、すべての分野で「人とはこうである」という命題を完成してはいない。各分野の研究で、仮にそのカテゴリーの中での結論が得られたとしても、この命題を完成させることはできない。

この根本的命題を完成させるには、各研究成果を統括する研究分野が必要だ。文化人類学ではなく「人類学」を構築しなければならない。現在の最新の研究施設・設備は、人間の能力をはるかに超える性能を持ち、その結果を研究者たちにもたらしてくれる。

けれども、それを認識するのは、結局のところ人間のアナログな五感にすぎない。見て、聞いて、せいぜい触る。

一〇〇〇年後の科学は、人間とはこういう存在である、という命題を完成させているだろうか。

この後、Kが語るであろう体験からして、無理である。今の方法論では。

この命題を完成させる時とは、遥か遼遠、人類が銀河系を自由に旅している頃か、何百億の島宇宙の一つにすぎない銀河系を飛び出して、隣のアンドロメダに向かう頃か、あるいは、何も分からないまま滅亡した頃か。

誰も、未だに人間とは何かとの問に答えることはできない。

だから、あなたは自分自身のことを何も知っていない。

したがって、あなたが誰なのかを人に伝えることはできない。

(3) 沖縄を一瞬にして手中にする

あなたは沖縄の何を手中にしたいのか。

「コラテラル」(パラマウント映画・マイケル・マン監督作品)という映画をご存じであろうか。殺し屋をたまたま乗せてしまったタクシードライバーのマックスと五人の殺害ターゲットを依頼された殺し屋、標的になった人々を巡るストーリーである。

私はこの映画をあれこれ話すつもりはなく、タクシードライバーのマックスの個人的な日頃の習慣について話したいだけである。

彼は、無味乾燥なコンクリートとアスファルトでできた町、ロサンゼルスの町を毎日走り回っている。日本と違い、ライセンスさえ取ればはじめから個人タクシーである。稼ぎたければ毎日走り、お客を運び続ければよいのである。

そんな彼のストレス解消法は、停車したときにサンバイザーの内側にはさんである、モルジブの美しい紺碧の海に浮かぶ椰子の島の写真を眺めることである。写真はサービスサイズ程度、大きいものではない。だが、その写真を見ている間、マックスの心はモルジブにある。ロスにではなく、間違いなく彼の心はモルジブにある。


それは、ちょっと誇張しすぎているのではないか。あなたはそう感じるであろう。

大脳生理学によると、実際に経験した記憶、映画などを通して獲得した記憶、はっきりした夢の記憶、これらは脳の中ではデータ上の区別がなく、同質の記憶として蓄積されるという。

感動的な映画のワンシーンは、思い出すたびに胸の痛くなる想いを引き起こし、涙さえ流させる。夢の中で何者かに追われ、逃げようとするが前に進めない。捕まる寸前で目が覚めたそんな記憶。その夢を思い出すたび、逃げられないもどかしさ、恐怖感などで、気がつくと手に汗を握っていた経験も、皆さん、おありになるのではなかろうか。

私などむしろ、実際のいろいろな記憶の方を忘れがちでさえある。

おまけに彼には夢がある。金を貯めて、メルセデスのリムジンを買ってタクシーに改造し、ロスにいながらにしてお客さんにモルジブのリゾート気分を味わってもらいたいのである。

マックスは、サンバイザーの写真を見るたびに、心はモルジブを疑似体験している。現在の本物かと見まごうばかりのリアルなゲームの世界で疑似体験するのと同様に。

彼はシートにいながらにして、肉体とは無関係に、間違いなくモルジブの海風を頬に受け、ディープブルーの波に反射する熱帯の太陽のきらめきを体験しているのだ。

あなたの心は自由である。

宇宙大まで拡大できるし、パンドラの小さな箱の中に押し込むこともできるのだ。

(4) 私なら、自分にふさわしい方法で沖縄を手にする

実際沖縄の浜に立ち、コバルトブルーやウルトラマリンブルー、中でもエメラルドグリーンに刻々と変わる海と、白黒写真では黒に近く写る空とを見ると、沖縄の海の色は一枚の写真では捉

えきれないとの感を受ける。

水彩画ではなおさらだ。紙に染み込んだ色は、ただその色のみをとどめる。

油彩画ではどうか。

かつて、石垣島の川平湾のさまざまなブルーとエメラルドグリーンとディープパープルが彩る海を観た岡本太郎氏は、この微妙な色彩を絵で描くのは不可能だと答えた。ピカソらと親交を結び、あらゆる芸術表現にチャレンジし続けてきた男をして、言わせた言葉だ。

確かに、油絵の具をチューブから絞り出し、パレットの上で混色し、豚毛の筆でキャンバスに擦りつける、あるいは色を重ねていくという技法では、金輪際、オキナワン・オーシャンブルーを描くことなど夢のまた夢、というより物理的に不可能なのだ。

が、可能性は油彩画にしかない、と私には断言できる。

要は技法の選択にある。というより、その技法はただ一つなので選択の余地はない。

私は、中学一年のとき、当時高価だったド・ラングレ著『油彩画の技術』（黒江光彦訳　美術出版社一九六八年初版、絶版）を親にねだり買ってもらった。そこには、油彩画が発明され、後期印象派に至るまでの精細な技法の内容が説明されていた。

最も驚いたのが、発明者であるファン・アイク兄弟のうち、ヤン・ファン・アイクの技法があたかも本人が書いたのではないかと思われるほど詳細に記述されていた。顔料のつくり方、材料は、鉱物、貝殻、土、植物、動物の血液等々、鉱物なら例えばラピスラズリを砕き、すり潰し、乳鉢でパウダー状にする。顔料のつくり方は、日本画も水彩画もフレスコ画もテンペラ画も同じである。

違いは、画面への定着方法の違い、メディウム（溶剤）にある。油彩画は、顔料の定着に植物樹脂を用いる。樹脂であるから絵の具として溶くために同じ性質の溶剤に油を使う。それだけだ。

驚くべきは、技法の発明者にして完成者であったことだ。

六〇〇年の年月を経て、作品の表面には亀裂がなく、変色も脱色もなく、透明である。樹脂を多めに含んだ透明・半透明の絵の具の層が、十分の時間をかけて乾燥された上に、同様にパート（層）が重ねられていく。一〇層、二〇層、三〇層。一層塗るたびに入念に乾燥させる。乾燥しきったら次のパートを塗る。その繰り返しだ。気の遠くなるような作業。

しかし、画家という概念のなかった頃だ。職人としては当たり前であって、その職人技が傑出していただけのことだ。板でできた画面は小さい。

ある、新婚夫婦を描いた有名な絵がある。二人の間には凸面鏡があり、その鏡に二人の後ろ姿のほかに画家本人も真正面から映っている。窓の外には遥かな風景が広がり、遠方の橋の上には行きかう人々が緻密に描かれている。

今では、グラッシュ、グラッシーなどと呼ばれる技法で、最下層の不透明な絵の具の層の上に、透明・半透明な層が重ねられ、光が二重に透過された色彩を我々は見ているわけだ。それは、まるでステンドグラスに透過する光を見ているかのような錯覚に陥る。この技法は、後にフランドル第一の技法と名づけられた。

未だに、この画家の技法を超える作品には出会ったことがない。

ちなみに、フランドル第二の技法は天才ルーベンスからはじまる。

ここまで書けば、私が描いたオキナワン・オーシャンの絵はこんな感じに違いないと想像されるであろう。

(5) 日本における油彩技法の不幸

油彩画が正式に日本に伝わったとき、我が国における油彩画の不幸がはじまった。日本に伝えられた油彩画技法は、いわゆる後期印象派（印象派以降）、例えばセザンヌなどの作品が中心だ。

ここから不幸がはじまった。油彩技法は、先に述べたように一五世紀の前半にフランドルで発明された。フランドルは英語のフランダース、現在でいうところのベルギーを中心とする地方の名称だ。

一九世紀半ばにチューブ絵の具が発明される以前は、画家たちは自分で顔料をすり潰し、樹脂、揮発油などを混ぜて自分で絵の具をつくっていた。それらは、乾燥しないように羊の腸でつくられた袋に入れ、入り口を紐で固く閉じていた。

顔料はいろいろ工夫されていた。クリムゾンレーキという赤っぽい色は、ケルメスという虫の色素が使われ、ラピスラズリは今で言うウルトラマリンブルーの顔料となった。このブルーの絵の具は高く、当時、金と同額で取引されていた。高価な絵の具であるから、聖母マリアのスカートの色などに使用された。

このブルーを赤の影の部分に惜しげもなく使用した画家がいる。フェルメールである。「青いターバンの少女」などはこの色が全面に出ているが、多くの作品で、赤色系の服装などでの影の部分としてあらかじめ塗られている。

この色は、現在では二種類つくられており、本来の顔料を使用した絵の具は、代替顔料の製品の五倍の値段がする。五社ほどで製造されている同じ色を買って使用したが、色彩、透明度などかなり違う。おまけに塗りむらが多く出る手ごわい色である。

フェルメールというと「ミルクを注ぐ女」、「内緒の手紙」などの室内画・風俗画が多い（絶対数は二五作品前後しか確認されていない）が、「デルフトの眺望」という風景画の大傑作がある。これは室内から窓を通して描かれている。

この画家の場合、近年修復時に発見されたことであるが、透視画法（遠近法）でユニークな工夫を行っている。すなわち、キャンバス上の画家の目に当たる位置にくぎを刺し、そこから細いひもをいろいろな角度に引っ張り線を引くわけである。おもしろいことに、その方法で正確に引かれた構図は意図的にくずされ、人間の目で見た感じに近いように、また見る者に心地よい感じを与えるように変えられている。

「デルフトの眺望」については、カメラ・オブ・スクーラ（暗い箱の意）というカメラの原型にあたる機械を設置し、それを写し取っていた可能性が高い。しかし、ここでもフェルメール独特の「だまし」のテクニックにより、建物やダムの位置が効果的な構図に変えられている。

カメラ・オブ・スクーラは、ドイツの最大の天才画家デューラーも使用していたという。

チューブ絵の具が発明されるや画家たちは室内から解放された。明るい海岸とその上にまばゆく輝く空、チューブ絵の具は目の前に広がる自然を描くことを可能にした。あとは技法・技術が伴うかである。

「空の王者」と謳われたブーダンは、当時カリカチュアを描いて小遣い稼ぎをしていた青年モネを油彩画の世界に誘った。チューブ絵の具からしぼり出した色を、パレットでは混ぜず、キャンバスの上で横に置き、重ねていった。混色は色を濁らせる。生の色彩と光を表現できない。

後のモネが時間の経過とともに変化する積み藁《わら》の色彩を描くため、同じ構図のキャンバスを子供たちに持たせていたのは有名な話である。時間の経過、色彩の変化に応じて次々とキャンバスを替えていったのである。

このような油彩が使用されるそれまでは、テンペラ画といって、顔料を卵の黄身で板に定着させていた。

壁画なら壁が乾かない間に顔料を溶け込ませる。フレスコ画という。レオナルドの最後の晩餐などがこれにあたる。なにしろ壁とともにある絵であるから、第二次大戦で教会が破壊されたとき、食堂の壁に描かれていたこの作品は最大の危機にさらされることとなった。そんな危険性があるうえに壁が乾く間の制限などがある。

有名なシスティーナ礼拝堂の祭壇画、最後の審判、及び天井画はミケランジェロの最高傑作である。

レオナルドは、ミケランジェロと行き会うたびに、彼を「石屋」と呼び蔑んでいたが、ダビデやピエタなどの大理石の彫刻作品は、未だにこれらを凌ぐ作品の出現を許していない。

しかし、絵画においてもまた超天才である。人間が表し得るあらゆるポーズを格調高く描き上げている。しかも早い。知らぬ者もないレオナルドの「モンナ・リサ・ゲラルディーニ・デル・ジョコンド」（いわゆるモナリザ）に費やされた年数は少なくとも四年である。加筆につぐ加筆。画面の小さな作品であるから、いやでも完成度は上がる。

一方、本業は彫刻家であると自負していたかんしゃく持ちのミケランジェロは、高いやぐらを組み、危うい足場の上で、画家の仕事に励んでいた。最終的にはミケランジェロの設計となる、バチカン宮殿の中のシスティーナ礼拝堂の広大な天井画を、上を向いて首を背中にくっつけた姿勢で四年間耐え抜いて描いた。絵の具がたれて目に入る。目にしみて片目で描き続ける。視力が落ちていく。下からは注文者の枢機卿や司祭がせっつく。「いつになったら、完成するのだ」と教皇の罵声が飛ぶ。虫の居所がきわめて悪いミケランジェロが叫び返す。「私が『できた』と言ったときだ」

完璧さ、格調高さについては絶対妥協しない。だから弟子には描かせない。一人で黙々と、しかも常人には真似のできないスピードと的確さで描いていく。昼食はまだ幼い年頃の弟子が届けてくれるパンとワインだけだ。

そんな状況で描かれた天井画は、五年をかけた祭壇画（最後の審判）とともに、絵画としての芸術性の高さ、技術の完璧さ、格調高さ、美しさにおいて他の追随を許さない。

五メートルを超える一枚岩の大理石、その彫刻に取り組んだ二人の高名な彫刻家は、いずれも桁違いな石の大きさから途中で挫折した。そのあとを引き継いだミケランジェロは、おそらくは人類のつくりだした美術作品の最高傑作であろう「ダビデ」像を彫り上げた。それには、若き日に取り組んだ解剖学の知識が凝縮されていた。

レオナルドもミケランジェロも解剖学を学んだが、その知識はミケランジェロではその肉体表現に十二分に活かされている。

レオナルドでは、アンギアリの戦いや下書き段階の晩年の作品に成果が現れているが、彼の場合、解剖学は知的研究に重点が置かれている。ひそかに手に入れた死体を、深夜の地下室で、薄明かりの中一人切り刻む。中には身重の女性の中の胎児までスケッチされている。絵画技法のためだけの解剖とは言いがたい。

いろいろな意見や嗜好もあろうが、私にとっては、客観的に見て、ミケランジェロは紛れもなく美術史上最大の天才である。

(6) 私が手に入れた沖縄

私が手に入れた沖縄とは、グラッシーを駆使した油絵である。海に費やした透明な絵の具の層、パートは多い部分で五〇層。実に五年の月日がかかっている。珊瑚の白い死骸が、気の遠くなるような歳月を経て、細かく砕かれ、砂つぶの大きさまで磨かれ、形成された沖縄の浜。砂浜ではない。珊瑚一〇〇パーセントの浜だ。星砂の浜だ。このまじりけのない純粋な珊瑚の浜に打ち寄せる透明な波。

この波の一つひとつは、地図の等高線のように、透明なパートを三〇回、四〇回、五〇回と重ねていった。一層のパートは完全乾燥させ、次の層を重ねた。樹脂の含有率が高いため、一層一層の乾燥には、通常の五倍の時間を要した。鍾乳洞の石筍が知らない間に盛り上げるように、一層塗るごとの厚みの差は感じられなかった。

同じ作業が繰り返された。いつしか、光をそのまま透過させる透明な水と波が、小さなキャンバスの上に生まれた。堅牢な皮膜により、光の反射と透明性はそのまま保たれ、あたかも本物の水のように見える。

私は、並行して二枚の絵を描いた。二枚ともP一〇号キャンバスである。一枚は横に、もう一枚は縦に使った。

その絵は完成しているが、依然として作業が続いている。乾燥させては微妙な色彩の透明なパートを塗り重ねている。

その作業は永久に続く。

しかし、読者の方々はその絵の存在を疑っておられるであろう。

だから、その絵に至った課程と私の絵のリハビリ状況をお見せしよう。

(7) その絵は印刷により死ぬ絵である。その絵を印刷することなくその存在を証明する

① 経緯・過程

私は画家を志していたが、高校三年の夏休み、突如として美術大学から一般大学へと進路変更した。

理由は、取り寄せた主たる美術大学の資料では、四年間でなんら得るものがないと見切りをつけたからである。

具体的な理由は、先ほど述べたごとくである。取り寄せた入試要項、学校案内、パンフレットには、教授たちの製作風景も載っていたが、小下図に時間をかけ、キャンバス上に拡大転写したところまではよい。

その後、何を思ってか何色かに区切って塗りつぶしている。最終的な効果を計算しての地塗りだそうだが、キャンバス上に精密に転写した下書きは、いっさいがっさい不透明な絵の具で隠されてしまっている。

で、塗りたくったと思えば、ペインティングナイフで跡形もなくそぎ取られている。その繰り返しだ。アートを生み出すべく格闘しているのだという。完成したタブローは、小下図とは似ても似つかない作品に変貌している。

油彩画であれば、基礎をみっちり教えるべきだ。油彩絵の具の本来の性質から、古典的な描画法、乾燥の仕方、教え込むべきことは山ほどある。

だが、我流に近い教授にはそんな知識もスキルもない。入学してくる学生たちは、セザンヌあたりがオーソライズされた古典なのであって、チューブ絵の具からしぼり出した色をそのまま、適当に溶油で伸ばしてキャンバスに擦り込んでいく。

だから、技術的に学ぶことは何もない。むしろ、何を描くかが唯一の課題であった。

②口絵について

〈ウィンダミア湖の船着き場〉

最初の作品は絵筆を折ってから三〇年目に描いたF一〇号の平凡・駄作の風景画である。作品はF、P、Mと縦横比率は異なるが、すべて一〇号キャンバスである。理由は、日本家屋に丁度合ったサイズだからだ。本当は六、八号くらいがいいのだが、描くには小さすぎる。一二、一五号となると大きすぎる。一〇号が丁度良い。

さて、この絵は三〇年ぶりに描いた絵で、個人的に好きなロシアのレビターンを意識しながら短時間で大雑把に描いた、高校生時代のデッサンもどきの絵からすれば私の処女作だ。処女作にふさわしく、まことに駄作以外の何物でもない。

実はこの駄作は、我が家の玄関の正面に飾られている。太陽の紫外線を毎日浴びても惜しくない絵であり、家に帰宅するたびに、私にこれ以上ないというほどの皮肉な罵詈雑言《ばりぞうごん》を無言で浴びせかけてくるのだ。

この絵に技法というものが使われていたとすれば、それは「ただ塗りたくる」という技法である。

油彩画の基本は、最も遠く、広い面積を占める部分から塗りはじめ、最も手前の部分で塗り終わることである。この作品を見るに、確かに最も遠い背景である空から描かれている。だが、このような空の色はあり得ないし、雲もいかにもつくったという感じで嘘っぽい。遠くの教会など、絵の具の層はたった一層で塗られ、キャンバスが透けて見える。

向かって左側の林は、ほぼワンパターンで塗り込められ、これに対し中央から右側は必要以上に時間をかけて仕上げている。バランスというものがない。

三〇年前をおぼろげに思い出しながら描いているのが見てとれる。

湖面では、中景付近の水面の光の反射が細かすぎ、前景の水面の処理とは別物で、連続した一つの水面とは見えない。また、前景の三艘の船は粗めのタッチを狙っていながら、細かい部分にこだわりすぎている。

統一性がなく、ただ油絵の具を塗っただけのキャンバス画面。技術力のまったくない駄作だ。

〈グラスミアの橋〉

この絵の元は、曇り一時雨といったフラットな光の中の風景である。全体にのっぺりした印象が感じられた。そこで、これを避けるべく、無理やり逆光の夕景に変えている。

目につくのは、橋と右側の煉瓦づくりの建物に無用なほどのマティエールのこだわりが見られ、中央の橋、遠景の煉瓦、窓枠など一つひとつのパーツが石膏状のマティエール剤で立体的に組み上げられている。

しかし、一貫性がなく、全体を石膏で被うのを嫌がったのか、建物の手前部分などは手前に近づくほどマティエール剤の使用量が控えられている。通常はこの逆でなければならない。

空、樹木、水面などは、ありふれたやや厚塗りで仕上げてある。どうせなら、画面全体をマティエール剤で塗り込んだ方が統一性がある。

その程度の駄作だ。

〈ローテンブルクの塔〉

ずいぶん以前に描かれたが、この絵のことはよく覚えている。時間がかかったからだ。

一つには、マティエール剤で描かれた部分と薄塗りの絵の具の層で塗り重ねされた部分の棲み分けを試みていたのだ。また、遠近法に忠実に描いた絵に違和感を感じはじめ、塔の角度を一度の単位で何回も描き直した記憶がある。

それから、階段付近に人を描き込んだ。常識なのだが、人のいない風景画など死んだ絵だ。

だが、マティエールへのこだわりは病的にさえ見える。

〈水を飲む〉

この絵は、夏、下の娘をお風呂に入れ、さんざん遊んだあと、まだ赤ん坊であった娘が水を飲んでいる、それだけの絵である。

暑い中、長いこと湯舟に浸かっていたため、喉が渇き、枯渇し、脱水状態になった幼児が、本能だけでひたすらに水を飲んでいる。

姿勢は自然体だ。目は水を見ず、あらぬ方向に釘づけとなっている。頭の中には水を飲むことだけがある。あるいは、本能だけが水を飲ませている。子供だけが許される空の境地なのだ。その一瞬は捉えがたく、三、四歳になった娘に再び着衣でポーズさせ、同じ手の形、唇の形状を確認したことを覚えている。

一見して、彩度に乏しい絵だと感じるはずである。風呂上がりの幼児なら、もっと血色よく、明るく描かれるべきである。覚えているのは、形だった。ただ、空の心で水を飲む。その形だけを捉えたかったのである。形にとらわれ、色彩を忘れた。

それだけの絵だ。

〈陽を浴びる城門〉

この絵は一〇号キャンバスいっぱいに描いた。マティエールは必要最低限とした。人影は、遠景に近い部分に描き入れた。

時間を食った割に、目指す技法からは遠く、つまらぬ一枚となった。


〈ベルンの時計塔〉

五年ほど前に描いた絵である。ここではマティエールを使っていない。薄い透明な絵の具の層の積み重ねで描いている。

余計な建物の一部、人影はすべて消して、また、どちらでもよい物は適当に描いた。

陰影からいうと、右画面はもっと暗いはずだが、明るめに描き、遠近感を犠牲にしながら空気感を出したかったことを覚えている。

フランドル第一の技法を思い出しつつあった。が、その技法の再取得のため、空気遠近法は取り入れず、目に映る遠近感が逆転している部分もある。

この絵で、一番時間をかけて描いたのは空と雲である。このくらい複雑な構図は、現場でのスケッチだけでは足りない。三五ミリカメラとレンズの互換性がある世界で唯一のAPS方式の一眼レフ、キヤノンIXEで、露出を自動的に三段階変えて連射するオートブラケティング機能を利用して写真を撮った。このカメラ用に開発されたズームレンズは広角側で歪みがほとんど出ない希有なレンズである。

しかし、いずれの露出でも、空は白くとんでいた。そこで自分好みの空をつくりあげた。印刷では単純な空に見えてしまうが、二〇層以上の透明な絵の具の層で描いている。

両側の建物は、それぞれ遠近法に支配されており、見上げれば、当然高い建物は先細りする。見上げなくても同じように傾斜しているはずである。

しかし、人間の目に自然に映るよう垂直に描いた。トリックなのである。絵画では、デジタル技術を駆使した3Dの映像のようにプログラム化され、理論的に組みあげる必要はない。自己の感性の命ずるまま、いかに変形させ、人間の目に違和感なく描くかにある。理論ではなく感性の世界なのだ。

③ オキナワン・ブルー、私が手に入れた沖縄

ベルンの時計塔を描いた頃、私は沖縄病に罹患した。

そして、オキナワン・オーシャンブルーに魅了された。

刻々と変わる海の色、遠方の白波が立つリーフまでのエメラルドグリーン、その外側の水平線に接触するまでの海は、コバルトブルー、ウルトラマリンブルー、その混色、時折波間に見えるディープパープル、そして、いかなる混色によっても生まれない色彩の海。

二四ミリの広角から四〇〇ミリまでの画角、測光方式、色温度をいかに変えようが、プリント

した写真はウチナーンチュチュラ海ブルーとはほど遠い。

山梨に帰り、写真を見るたびに、脳裏に焼き付いた色彩とはかけ離れた海の色に落胆した。その後、沖縄に行くたびにもはや写真は撮らなくなった。いや、写したのであるが、それは、足下まで押し寄せる波の透明度と空であった。

海の色は脳裏に焼き付けた。


油彩画法のリハビリは、遅々としながらも進んでいたが、中学校の頃に戻り、ド・ラングレを読み返した。そこで答えらしきものが浮かんだ。

基本となる不透明な青、その上に再反射で得られる光の効果を予測しながら、薄い透明な色の層を重ねていく、三〇層、四〇層、それ以上。

キャンバスは海洋風景用のMとせず、一般風景用のPの一〇号とした。海の面積と空の面積とを多く取りたかったからだ。Fでは目に見えて締まらない絵になるだろう。

構図を慎重に決め、描きはじめた。空は、ほとんどの人が望む快晴ではない。空の表情が風景全体を決める。白い雲ばかりではない。雲間から明るい沖縄の空からの光が降り注ぐ。その光の強さが、相対的に雲の明度を下げる。大気の厚さ、光の拡散などにより、天空に近いほど空の色は濃く、また色彩も異なる。

だが、クールベの「海」のような激しい波浪と吹き飛び渦を巻く雲のような風景ではない。

その逆で、限りなくウチナータイムに溶け込める景色だ。頬を撫でる優しい風、耳の奥の方で響き合う潮騒、目を細めたくなる溢れる光、ブルー系の絵の具の種類を一挙に五〇種類は増やせそうな色彩。

波打ちぎわに打ち寄せる波は、透明にして、一波一波ごとに厚く盛り上がり、堅牢な絵の具の層、表面がガラスのように水そのものを形づくる。

手で触われる波、無限の青、キャンバスの地の白さを上まわる明るさ、絵から時空を超えウチナータイムが流れ込み、時間の進行がなだらかになる。そして、その中に入り込める絵。沖縄の波動を発信する絵。

その絵が、レンブラント社製のダークブラウンのイーゼルの上にある。

だが、印刷はできない。何十層もの透明な色彩も、波の起伏も、光も何もかも写真印刷では出したくない。それに、まだ加筆している。いつでも妥協して、完成したものとし、乾燥させ保存用ヴァニスをかければ終わりである。しかし、まだ妥協したくない。完成させたくはないのかもしれない。一生描き続けていたいのかもしれない。

印刷されたら死んでしまう絵だ。何十層もの透明な色彩の層（パート）を再現できる印刷技術などない。

だから出さない。誰にも文句を言われるいわれはない。私が、私流に手にした沖縄だ。苦労の末に得た沖縄だ。いや、得ようとしている沖縄だ。

④ あなた流に沖縄を手にしよう

沖縄を手にしたいなら、誰もが自由に好きな方法で手にすべきだし、手に入れられる。方法はその人の趣味や嗜好や感性、あるいは予算にもよるだろう。しかし、自由なのである。好きな方法でよいのである。考えただけでもゾクゾクしないであろうか。

写真（水中写真は最高だろう）やさまざまなグッズのコレクション（私の場合は大小のシーサーと沖縄ガラス収集）、全離島の制覇、隠れたグルメマップの制作、短期滞在、定住など、その方法を自分で考えることだ。それには、感性と知恵が要る。時間も要る。お金も要る。努力も要る。

なによりも強いモチベーションが必要だ。

だが、その要素をあなたはふんだんにお持ちだ。あなたは、立派な沖縄病末期患者なのだから。

それを達成したとき、沖縄病は残念ながら完治してしまうかもしれない。いや、正常な沖縄フリークになれる。あなたは手段を見つけたし、沖縄を手の上で転がす余裕さえ出るだろう。

沖縄病の末期症状の特効薬は、「いかにして沖縄を心の中でしっかりと手に入れるか」にかかっている。グッズや写真のコレクションなどであっても、満足を感じるのは心である。

沖縄の何が自分を惹きつけているのか。どうすれば心の欲求が満たされるのか。欲求が満たされたとき、どれほどの喜びが得られるのか。生まれてきて良かったと感じられるほどの喜びなのか。あるいは、理由も分からずに感じていた心の空虚感は完全に解消されるのか。

言い換えると、実存的満足感は得られるのかどうかということである。

「沖縄病は象徴である」と冒頭で説明させていただいたが、要は、沖縄フリークに限らず、あらゆる分野での○○フリーク、○○ファンの方々も同じことである。沖縄フリークをあなたが熱中している○○フリークに置き換えて、同じように考えていただきたい。

仕事と時間に追われる人生の中で、自分らしい喜びを獲得できるのか。その喜びを通して、一人の人間存在、つまり実存としての喜びと満足感、人生への意義づけができるのかどうかということである。

それは、個人的な趣味のことだけを意味していない。さまざまなボランティア活動や、仕事、とりわけ生涯を通じて従事できる仕事など、日常の中で心に充実感を与えてくれるすべてのことについて言えることである。

ここで、沖縄病がなかったと仮定しよう。つまり、仕事や家事のほかに熱中できる趣味などがなかったらと仮定しよう。

あなたは、仕事や家事、さまざまな人間関係や社会的なしがらみの中で生きている。家庭をお持ちの方なら家族のために身も心も捧げて頑張っていると言われるかもしれない。独身の方なら、仕事を通して一人の社会人として頑張っていると言われるかもしれない。

無味乾燥な生活だと思わないであろうか。自分自身を発見する機会など、一〇〇〇年以上生きられたとしても、金輪際、訪れないであろう。

(8) 第一部のまとめ

① 自分自身に心を向け、認識し、本来取り組むべき課題を見つけ、また、自分を赦《ゆる》し、愛し、大切にして、人生を浪費しないこと

世の中の刹那的な時間に流されず、自分自身のことを考える時間をつくり、その重要性を認識していただきたい。人生の目的についてもう一度考えていただきたいのである。

自分とは何者で、何の目的で生きているのか考えていただきたい。もちろん難解な問題である。

しかし、そのことに目を向けること、考えてみること。それだけで大いなる進歩である。結論よりも、それを探し、考えることに意義があるのである。

今まで、この世界の中で、どうにか自分のいる場所を見つけ、あなたは懸命に生きておられる。そこから、自分自身を根本から見直すことには抵抗がおありであろう。危険性を感じ、その必要性に疑問を持たれるであろう。

しかし、仕事や家事に追われ、正確に進む時間に追われ、複雑な人間関係に配慮し、気疲れし、また、家庭・家族に関わる問題に頭を悩ませ、その中でご自身のことを考えたことがおありだろうか。

時の流れは、否応なしに私たちを死に向かって絶えず流し続ける。

私たちが、結局、何者で、何を目的に生きたのか、それさえ知らされず、揺りかごから墓場へのベルトコンベアは動き続ける。

働き蜂は、絶えず飛び回り、花粉を集め続ける。彼らはやみくもに飛び回るだけの生き方だとお考えであろうか。

蜂蜜は、ミツバチたちが羽を休める、巣の暗闇の中でつくられる。新渡戸稲造の言葉のごとく、「蜂蜜は暗闇でなければつくられない」のだ。「偉大な思想」、あるいは私たちが探している「人生をいかに生きるべきか」といった問いに対する答えは、「暗闇（静寂な自分自身の時間の中）」でしか生まれないのである。

ミツバチは働きづくめで、目的も知らないまま動き回る人間とは違う。

彼らは自分の目的を知っている。昼の疲れを癒やし、暗い静寂の中で蜂蜜をつくるという崇高な目的を果たしている。彼らは、自身の目的を忠実に果たし、短い生涯の中に幸せを見いだし、満足しきって自然に還るのだろう。

自分とは何か、何のために生きているのかという、誰でも何度か直面した疑問を思い出してみよう。

そのことに、一日の数分でも時間を取ってみよう。ただ、それだけでもいいのである。次第に何かが掴めたような瞬間が訪れるものである。時として、自分自身でも思いも寄らない認識が得られるかもしれない。キルケゴールが「言いしれぬ喜び」と表現した瞬間に出会うに違いない。

なぜなら、あなたが自分自身に目を向けるようになったからである。あなたは、内面から次第に湧《わ》き出す思いに驚かれるだろう。

それは、自分自身を大切にすることに繫がる。どう生きるべきか、どうすれば心と体を自分に与えられた本来の目的のために使えるのだろうか。

価値観が次第に変わりはじめ、より意義あるものに価値を見いだし、その獲得のために行動するようになるだろう。

それから、もう、いい加減自分を赦してあげていただきたい。あなたは、長年にわたって、すでにご自分を責め続けたではないか。もう十分である。それほど、ご自分の心、魂を傷つけ、真っ黒に汚《けが》したいと欲しておられるのであろうか。

人を赦してあげる努力を、ご自分にもしてあげていただきたい。最終的に、誰があなたの心、魂を救うのだとお考えなのか。セラピストでも神でもなく、あなた自身なのである。ごしょうだから、お気づき願いたい。私も必ずそうすると誓うので。

一回性の貴重な人生、あなたにつまらぬ人生を送ってほしくないのだ。

②あなたは、あなたの身体を含め、あなたが自分の所有物だと思い込んでいるすべてが、地球からの一時的な借り物であることを肝に銘じること（所有することを喜ぶのではなく、無償で貸してくれている地球に感謝すること）

あなたに、目に入れても痛くないほど可愛い子供さんがいたとして、その子はあなたの所有物だと考えておられるであろうか。

逆に考えて、あなたは、あなたのご両親ないし父親、母親の所有物だろうか。

動物にとって、子育ては本能であろうし、人間の場合にはこれに加えて保育、教育の義務が生じる。

動物たちには、子供が独り立ちするまで成長したなら、自分の庇護のもとから突き放すだろうし、人間とて親離れ子離れするものだ。

精神疾患の一部が、親離れ子離れが不完全なことに起因することはよく知られている。子供なり、親なり、配偶者なりを自分の所有物と考えることから、ＤＶといった家族への暴力事件も年々増加するばかりだ。

子供なら、あなたは子供を地球から託されて育てているのである。配偶者なら、百数十万年かそれ以前、アフリカで誕生した人類、第一アダムと第一イブの子孫が、幾多の苦難と想像を絶する年月の末、何万代目かのアダムとイブとして巡り会ったのである。

どこに自分の所有物だと考える余地があろう。人間の所有欲が歪曲され、思い込みの感情だけに支配された結果としか考えられない。

模範的なあり方を学びたいと思うなら、自然界の動物たちを見習うことだ。生きるための最低限の本能のほかに、見苦しい欲がない。

さて、ここまでは当たり前すぎる話をしたが、こんな「イロハ」から書かないと私の主張は理解していただけないであろう。

人間は受精の瞬間から、遺伝子の設計図どおり細胞分裂を繰り返し、羊水の中で人間の乳児にまで成長する。

その「素材」は母親が摂取する食べ物から供給されるのであるが、その食べ物自体は地球を構成する素材、気体、水などからつくられている。どこそこの農家が生産した穀物、野菜であれ、遠洋で捕獲した魚であれ、同様に地球の素材からつくられていないものなどない。

人間の心身は、受精の瞬間から、いやそれ以前から地球そのものからつくられているのだ。

それだけではない。約一三七億年前に創生された宇宙の大きさは、いかなる方法によっても計測できない。

その中で生きる人間の人生、それは一瞬にさえ届かない。

人間は、そのわずかな人生を生きるための道具として、地球から肉体を借りているにすぎない。

自動車や家、そのパーツのどの部分に人間の所有物が使われているだろう。これこそ、寛大なる地球からの借り物なのだ。

この意味で、「所有」という概念は消滅する。

あなたの所有物は何もない。すべてが地球からの借り物である。あなたがすべきことは、思い込みにより自己の所有物だと勘違いしていたものを眺め、披露して満足感を味わうことではない。

この短くはかない人間の人生の中で、自らの素材を自由に使わせ、あなたにさまざまな精神的な豊かさを提供してくれた、慈悲深き地球に感謝することである。

③ 人生の視点は一つではないこと

今まで、おそらくは一つの視点で生きてこられたあなたに、人生の視点は、あなたの癖・習慣となっている見方とは異なり、よりよい見方・視点が数多くあることを知っていただきたい。人生は、たった一つの思い込みの視点だけで、多くの時間を無意味に費やすにはあまりにも短かすぎる。

自分の性格、環境などから形成された視点は狭く、この世界を見るにはあまりにも低い位置に立っているのであると自覚していただきたい。

ものの見方の癖が染み込んだ自分の頭を離れ、ほんの少しだけ高い位置に視点を動かすだけで、多種多様な見方が存在することに気がつかれるであろう。それぞれの見方にメリットがあり、それを認め、さらに高い位置に視点を置いてみることである。

それは、あなたにとって、今まで無駄に思えていたもの、考える価値すらないと切り捨てていたもの、気づきさえしなかったものからも、あなたに、より多くの価値あるものを与えてくれるであろう。

多くの視点があることを知り、より良い視点を得ることは、あなたの人生をより豊かなものとするだろう。多くのものを与えてくれこそすれ、決して損はさせない、賢い生き方なのだと悟るに違いない。

④合理的に考えること

あなたは沖縄を手に入れたいと考えている。沖縄に永住する。沖縄を心ゆくまで満喫しきったのち、ウチナータイムのゆったりとした時間の中で、エメラルドグリーンの海を見ながら、そして、ニライカナイへの旅立ちを夢見ながら人生の幕が降ろされたらと考えているかもしれない。

あるいは、ウィークリーマンションを活用し、そこを拠点に離島のすべてまでを制覇したいと考える。本土と沖縄とを自由に行き来したいと考える。

だが、合理的に考えなくてはならない。感情的に行動してもあなたの夢は頓挫するだろう。作業仮説を立てる。科学的方法だ。「夢を実現するためには〇〇である必要がある」この命題を完成させれば沖縄はあなたのものだ。

○○には次のようなことが入りはしないだろうか。基本は、「明晰判明な認識」、「その認識から導き出される方法論」、「その方法論から必然的に得られる手段」である。

まず、当たり前の話とお感じになるであろうが、沖縄の地理と気候、どこに永住するか、拠点とするか、土地代は、賃借料は、建設費は、生活費は、沖縄を堪能するための諸費は、年数換算でいくら必要なのか。これを明確に認識し、計算する必要がある。

では、これを捻出する方法を考えなければならない。手持ちの資金プラス沖縄での労働による対価を計算するとして、就業率、収入ともに全国最下位の県でいかなる労働にありつけるか。まだ、子供の教育に携わっている年代の方、あるいは三世代家族を養う立場の方なら、それに見合うだけの生活力が必要だ。

先延ばしという結論がすぐに浮かぶ。しかし、これは移住ないし長期滞在を前提にして話を進めているからで、人生のそれぞれのステージで、その段階に応じた手段を弾力的に考えるべきである。

手段は、一つではなく、それぞれの人生のステージにいくつも用意されていて、そのどれを選ぶかは合理的に考えなくてはならない。感情に流され、あるいは見境もなく、突発的であってはならない。

設計が必要なのである。まず、自分のプランニングの能力を、スキルを客観的に評価する。自信がなければ、第三者、専門家の意見を聞くことだ。考えられるあらゆる要素を書き出し、実現に向け設計する。

はじめはおおまかな基本設計だ。建築における第一歩の設計であり、いろいろな観点から組み上げ、削除し、見直す。あなたの夢を具体化する基本的な設計図を引く。

多くの失敗者はこれを怠る。思いつきで準備し、何とかなるだろうと考える。基本設計を終わったあなたは、実施設計の段階に入る。建築の設計図だけでは、建物は建たない。建設費の上限を決め、それに見合うどの工法で、どの材質で、いつまでにという工程表をつくる。

実施設計で大事なのは、基本設計では、例えば屋根の取り付け方が、実際の工事で施工されるよう細かく指示されていない。このため、建物の躯体にぴったりと合うよう細かい設計内容が必要である。

施工業者が実際に組み立てられるよう具体的に設計することである。

ここまで行わなければ夢は実現しない。あなたは、具体化に向け、終始、合理的な考え方を取り続けなければならない。

あなたの夢を叶えていただきたいのだ。

第二部　不安神経症者の散歩

1　友人K《カー》の手記

自分で自分に不安を投げ続ける奇妙な行動、自分で自分に不安の種を次から次へと植えつけ、刃《やいば》のような鋭い想念で強く迫り、追い詰め続ける無意味にして極めて不健全な衝動、病気ではないのだが、不安神経症だと医師から告げられると、ほんの少しだけ安心感を得る。

医学の対象となる状態であることが判明したことで、少なくとも、自分が何か突拍子もない状況の下に置かれているのではないことを知り、事態がなんら好転していないにも関らず、心に安堵感を覚えるのだ。

このような状況の中で、どれほどに苦しみ、どのように闘い、いかにして打ち負かされ、それにも関わらず、今もなお、傍から見れば健康そのものである友人「K《カー》」が語った一部始終である。「K《カー》」は、かく語りき。「K《カー》」とは誰のことなのか。それはさして意味のない問いである。

身元を明かせない友人であるのか、私自身がKなのかもしれないし、私の根も葉もないフィクションかもしれないし、私の二重人格のもう一つの面が現れた可能性だってあり得るからである。

ドストエフスキーは『地下生活者の手記』の中で、主人公の地下生活者と自称する男を「私は」という一人称で語らせるが、著者のドストエフスキー自身はいわゆる地下生活者ではない。だが、彼はその登場人物に自分自身の心情、思想を語らせているのである。

誰が語ったかということはそれほど問題ではない。むしろ誰の著作かということが意味を持つ。その思想の出所、多重人格の可能性などに疑問があるにせよ、その内容を一冊の著作にまとめ上げた人格はただ一つなのであるから。

ツァラトストラはかく語りき。ザラスシュトラが何と語ろうと、我々には何の意味もないことだ。我々の中に拝火（ゾロアスター）教徒が一人でもいれば別であるが。

読者の中に、不安神経症の方はいないはずである。でなければ、このようなKの語る内容など読むに耐えられないであろう。なぜなら、Kの話は、恐ろしい経験とそのときに感じた想いを追体験させ、不安をさらに駆り立ててしまうであろうから。

だから、私はK《カー》の話を安心して載せることができるのである。

2　人間の実態（所有欲の増殖と地球への感謝の意識の喪失）

人間はたった一人で生まれてくる。素っ裸で、無一物で、泣きながら生まれてくる。うすい皮膚の外側には、はじめて目にする外界が広がっている。細菌などの有害な物質に満ちた外界と、この危険な外界に放り込まれた自己とを隔離するものは、この一見頼りなさそうな一枚の薄い皮膚だけである。

地球は、無数ともいえる病原体と、その多くを人間自身がつくりあげた有害物質で満ちあふれた天体であって、このうすい皮膚は地球専用の宇宙服ともいえる。

生まれおちた人間は、まず、羊水に濡れたからだを産湯《うぶゆ》で清められ、看護師の手で清拭《せいしき》され、産着《うぶぎ》でつつまれる。次いで、満面に笑みを湛えた母親と対面し、初乳でおなかが充たされる。やがて父親が買ってきたのか、手の中に「ガラガラ」の感触を得る。

こうして、見知らぬ世界でやっと安心感を得る。そして、手に握りしめているガラガラの感触により、これがこの世で自分にはじめて与えられた所有物なのだと、ほんのぼんやりながら感じる。

人間は成長とともに、多くのものを手に入れる。

人間が手に入れるすべてのものは、地球からの恵みである。地球の大気、水、物質などの所有権はもちろん地球にある。

地球の歴史は約五〇億年、人類の歴史は約二〇〇〇万年。いや、人類が故郷のアフリカから各地に移動をはじめたのはわずか約一五万年前。

元々単一の人種であった人類に、移動して住みついた地域の気候・風土から、進化の過程での多様化がはじまった。紫外線の被曝《ひばく》量による肌の色の変化、外気温に適した呼吸に順応するための鼻の形状の変化など。

いつしか同じ兄弟であった人類は、外観の相違から赤の他人へと変貌していった。

いずれにせよ人間が誕生した時期は、地球の歴史を一年に換算し一日二四時間で表せば、一二月三一日の大晦日、紅白歌合戦も終わり、近くの寺々で除夜の鐘が鳴り出したあたり。地球上では一番の新参者である。

この新参者が、地球固有の素材からつくられたマイホーム、カジュアルウェアから高級物のスーツ、すべてのグルメをも満足させる多種多様な料理など、衣食住のいっさい、気まぐれな人間の各種の嗜好品《しこうひん》のすべて、あらゆる物質文明の所有者となる。

寛容で慈悲深い地球のことを感じてもらいたい。自己の所有物だなどと勝手に主張することをやめ、生きている間だけの、地球からの一時的な借り物だと謙虚に考えてもらいたい。

ならば、人類の英知が創造した物質文明として誇ることもできようというもの。

しかし、その所有欲には限りがない。これまた人間がつくったブランド料をしこたま払い、人と裕福ぶりを競い合う。高級品を所有することが、自分が他人より優れた高級な人間の証なのだと思い込む。肌の色、鼻の形でさえ他人への優越感をつくりだす。

だが、人間が獲得した知性と感性は、人間の本質的な幸福とは何かを常に人間に問いかけ続ける。多くの人間はこの問いに答えられず、あるいは漠然と答を得たかのように感じる。

衣食足りて礼節を知る。最低限にせよ、人間としての尊厳を獲得するためには生活するための家と食べ物が必要だ。

だが、それを実現できただけではまだ出発点にすぎない。それ以上の生活を送らなければさらなる向上は生まれないと考える。

そのためにはより多くの金を稼がなければならない。世の中は、金のある者にも貧困にあえぐ者にも金さえ出せば手に入るものであふれている。金を得て、より多くの豊かなものを買う。これが公式だ。豊かな生活の彼方には、人間の真の幸福が待ち受けていてくれるものだと誰もがぼんやりと感じている。

しかし、いかなる富を得、世の中の誰からも羨望のまなざしで見られる身分になろうと、待ち受けていてくれたはずの真の幸福はどこにもない。青い鳥の姿はどこにも見えない。

富に囲まれ、幸福感で満たされている人々。というより、幸福であると思い込んでいる人々。彼らはある意味で「幸せな人間」である。人間の真の幸福とは何かを知らず、知ろうという気持ちも起こらない。

物質的な裕福さこそが幸福なのだと長年思い込んできたために、彼らの知性と感性は麻痺しているか、あるいは悲惨なことに機能していないのだ。ほとんどの人々は周囲の豊かさに比例していない幸福感の欠如に直面し、途方にくれている。

だが、人生には限りがある。今さら、豊かさの追求をやめるわけにはいかないのだ。いつかは人間としての真の幸福に到達するに違いないという希望を持ち続ける。その心の奥底では決してかなわない目標であると確信しながら。

で、人々は精神的には得られない充足感を、せっせせっせと物を所有することによる満足感で置き換えている。

人間は、生涯の最後にあたり、その愚かさから、自己の所有物だと思い込んでいたものを、地球から強制的に取り返される。

この世界の中で、人間が手にするものは、人間のその体自身も含め、地球の所有物以外のものであったためしなど一度としてなかったというのに。

営々と蓄積してきた富と、世間の人々からの羨望、賞賛の声。だが、それは人間のほんのわずかな人生の間だけ、寛容な地球が使わせてくれたもの、享受することを許してくれたものにすぎない。

こうして、人間は、生まれてきたときと同様に、何物も持たず、素っ裸で、たった一人で死んでいく。元の通り、地球の一部に還るだけのことだ。いや、生きている間でさえ、一瞬たりとも地球の一部でなかったときなどないのだ。

いったい、自分とは何であったのか。

人間とは何か。生きる目的とは何であったのか。

最も根元的で、人生のあゆみの中で見つけ出す努力をすべきこと、たとえ答が見いだせなかったにせよ、その努力の中に人間として生まれ、生きた証が隠されていたことさえ知らず、結局、なにものも得ず、なに一つ知らないまま、たった一人で死んでいく。

今、この文章を読んでおられる方々の中にも、思い当たる方がいらっしゃるのではないか。

あなたは何者で、何の目的のために生き、あるいはあなたの目的が、一回性の人間の貴重な時間の中で、真に目的と呼べるものであるのか、その目的のために努力を惜しんでいないか、その目的のため他の誰をも傷つけていないか、そもそもあなたは、ご自分を何者だと思って日々生きておられるのか。

子供のため、家族のため、子孫を残すため、ほとんどの方がそう答えられる。だが、これは、地球上のすべての生き物に共通した本能である。

いやしくも、自己とは、人間とは何かを問うことを許された知性を持つ人間の目的ではない。

毎日の仕事、家事に追われてそんなことを考えている暇などない。そんな暇があったら、もっと生活に役立つまともなことを考えるよ。おあいにく様、我々は日々の生活の中で生きている。

そんな暇人ではないのだ。

　そう、答えられるなら、それはそれで私には何の不満もないことである。あなたの人生なのだし、その人生はあなたの自由なのだし、それに、私にはあなたの人生には何の興味もないのである。

　言えるのは、あなたは生まれてしまった以上、いつかは必ず死ななければならないこと。そのとき、あなたが人生で得た何物も持って行くことを許されず、たった一人、何事も知らず、素っ裸で消えていくだろうということである。

3　不安神経症者の散歩

（1）私は歩き続けなければならない。歩みを止めた瞬間「植物性例外状態」となるからだ

①徘《はい》徊《かい》

私は、夕暮れどきの池袋から目白かいわいを早足に歩き回っていた。昭和六三年の一一月のことだ。

目的があったのだ。カルシウム注射を打ってくれる内科を探していたのだ。できれば、ミオスカインEかDHE45の投与、理想的にはカルカミンを服用したかったのであるが、そんな薬が一般の内科にあるとは思えなかった。

もっとも、そういった薬品を置いてあるのかどうかを医師に尋ねたことは一度もないのだが。勘ぐられるのが嫌なのである。私が精神的な疾患を持っているのだと、精神に異常をきたしているなどと診断される、いや、そう思われるだけでも嫌だったのだ。

カルシウム注射なら、なんとでも言える。最近、偏食がすぎて、カルシウム不足のようで、湿疹がすぐに悪化したり、倦怠感《けんたいかん》がひどいので、注射をお願いします。以前、実家にいた頃、掛かりつけのお医者さんに打ってもらっていましたので。

だが、訪ねる医者訪ねる医者、どこでも同じ答えが返ってくる。「今では、カルシウム注射など打ちませんよ。血管がボロボロになってしまいますし、第一、カルシウムのアンプルなど置いてありませんから」

私の左手には、一冊の本が抱えられていた。『フランクル著作集3「神経症1」』であった。そこで、植物性不安発作、すなわち著しい頻脈《ひんみゃく》、とても一分間の脈拍数など数えられないほどの心臓の鼓動、私は脈拍数が二〇〇回を超えていると感じている。喉が詰まるような感じと言う人もいるらしいが、そんなものではない。

呼吸困難なのだ。息が吸えない。吐くことしかできない。それに恐ろしいほどの心臓の拍動、いつ心室細動を起こし、止まっても不思議ではない。

いや、それは序の口にすぎない。最も恐るべきことは、ヤツが来ることなのだ。とてつもない不安が一挙に襲い掛かってくることだ。少しでも気を抜こうものなら間違いなく気がおかしくなるはずだ。

正常な精神状態を失うことほど恐ろしいことはない。自分自身のアイデンティティー、自分自身である意識と認識、先験的統覚《せんけんてきとうかく》が失われてしまう、自分自身が消失する。死んだほうがマシだ。そう思いながらも、同時に、今にも死んでしまいそうな恐怖感が、幾重にも折り重なって私を襲うのだ。

死を願いながら、死の強迫的な恐怖に怯える。

何という矛盾だろう。

「植物性例外状態《しょくぶつせいれいがいじょうたい》」、ぴったりの言葉だ。例外状態なのだ。まともではない。

そして、ヤツは必ずやって来る。

ヤツは、犬以上に鼻がきく。私の異変がはじまりだすと、ヤツは頭をもたげ、舌なめずりし、私めがけて間違いなく動きだす。それがはっきりと分かるのだ。

キャツは、はじめは、体をほぐすかのようにゆっくりと歩きだす。そして、次第に速度を上げ、地響きをたて、あるいは疾風のごとく突進してくる。それは、光の速度を超えている。ヤツは光速以上の速度で移動する。どんな距離でも一瞬なのだ。光が一番速いはずではないかと反論されそうだが、ヤツは距離の移動というより、別の地点に同時に存在するかのようである。光の速度は案外遅い。実際、宇宙中継などを見ると、光と同じ速度の電波の遅れは大きい。太陽の光が地球に届くまで八分一八秒平均もかかるのである。

確かに、人間が措定する「時空」においては光が最速であろうが、最も近い四光年先の恒星まで、たとえば、アガメムノン計画のように、中間地点で光の速度の一五パーセントまで出せたとしても、到着まで百数十年かかる。

これでは、到底、人類の宇宙進出など夢のまた夢である。


アインシュタインにとって宇宙で最高速な存在は光なのであるが、彼の相対性理論には決定的な弱点がある。

原爆がつくられ、原発がつくられ、本来太陽の陰に隠れているべき天体が、太陽の質量で曲げられた時空で観測され、原子時計を載せて上空を飛び回る飛行機と地上の原子時計との時間差が確認されたことにより、相対性理論は実証された。

しかし、彼が導き出した理論上の引力または重力の値は、実際の宇宙全体の重力の四分の一程度しかない。この問題については、アインシュタイン没後の科学者の説明では、その矛盾は時空のゆがみに起因するとして簡単に説明された。

けれども、その差はあまりに大きすぎるのである。

そのため、この宇宙と平行して存在する多元的宇宙の存在が科学の最重要課題となった。その実験は予定では二〇一五年頃までに実施されるとのことである。その実験が成功裏に終わったとしても、この宇宙以外の多元的宇宙とはなんぞやという疑問が残る。

それは科学者たちに解決すべき問題として押しつけたとしても、個人的にはまったく解決しない問題として残り続けるであろう。


さて、ヤツが獲物《えもの》を捕捉し、動きはじめると、いや、もっと正確に言うなら、ヤツの好物である状態の人間が形成されはじめると、ヤツの敏感な臭覚は距離と時間に関係なく、獲物になりはじめている人間の匂いを確実に捉えるのだ。ヤツは突進しはじめる。

目標となる人間がヤツにとって理想的な状態となること、すなわち「獲物」になる瞬間に間に合うように風のように移動する。だが、間に合わなかったことなどないのだ。どんなところにいようが、人間が獲物となった瞬間にヤツは必ずモノにする。文字どおり丸呑みするのだ。

ヤツから逃げおおすには、ヤツが動きはじめた気配を感知し、追いつかれないように、いや、速度ではなく、目をくらますために逃げ回る以外に手はない。我々にとっての幸いはただ一つ、ヤツが動きはじめた気配は誰でも感じることができるということだけだ。

②発作の予兆と症状の進行過程

まず、口の中に金属イオンの味が出はじめる。金属板を口に入れ、電極に微細な電流を流したときに、きっと感じられるであろう、そんな味だ。おそらく、口の中のPH《ペーハー》が変化するのだろう。それを舌が感じとるのだ。

味を感じる組織である舌の味蕾《みらい》は、毒物から人間を守るという進化における過程から、苦《にが》さに対し過敏である。この苦みとも何とも名状しがたい味を感じたなら、これが第一の前ぶれとなる。

イヤな唾液が浸みだしてくる。金属イオンのような味と匂いがする。コイツは、あとからあとから浸みだしてくるので、何度もゴクンと飲み込む。これが悪循環をつくりだす。同時に空気を胃に送り込むものだから、胃袋はふくらみ、心臓を押し上げる。呑気症だ。

このあたりから、心臓の拍動が速まりだす。同時に筋肉が、背中のあたりからなのだが、こわばりはじめる。筋肉の緊張は、瞬く間に全身に広がっていく。心臓も筋肉なら、肺を広げる横隔膜も筋肉だ。心筋は、内臓では唯一、骨格筋と同じ横紋筋でできている。だが、人間の意のままにならない不随意筋である。

この心臓はカルシウムイオンの反応により動いている。心臓が暴走しているのは、どう考えてもこのカルシウムイオンが異常を起こしているとしか考えられない。

人間の心臓を、これほどまで激しく動かしているパルスはどこから出ているのか。一つは心臓固有の発信器である。だがこの暴走は解せない。不随意筋である心筋は、意思とは無関係に、運動量に応じた理想的なリズムでオートマチックに動いているはずだ。意思とは違った何者かがパルスの間隔を自由に操っているに違いない。そしてその何者かは明らかに私の中にいるのだ。

そいつは何をたくらんでいるのか。ヤツと結託してあの例外状態をつくりだし、ヤツに引き渡そうとでもいうのか。そうではあるまい。私の中にいるその何者かが私を苦しめて、あるいは死に追いやって何の得があるというのだ。私が死ねば、その何者かも消滅してしまうのだから。

心臓は無意味な緊張から加速し続ける。肺は収縮され息をしぼり尽くす。横隔膜は固まり、肺が広がるための陰圧をつくりださない。もはや呼吸は成り立たない。

全身緊張、一分間に二〇〇回を超える鼓動、呼吸困難、気も狂わんばかりの不安感と死の淵に立たされたかのような恐怖感。そして、ヤツがやって来るのが感じられる。すぐ背後にだ。

だが、実はヤツはまだはるか彼方にいる。私は歩き回る。ひたすら歩き、逃げ続ける。ひとたび歩みを止めれば、たちまちヤツの餌食になるからだ。

心拍は歩き回る運動には不必要なほどフル回転している。陸上の八〇〇メートルを全力で走っているわけではないのだ。歩くという運動以上に心臓はポンプ機能を満開にしている。拍動は何度か空回りし、あるいは一瞬止まり、二、三回分の拍動を省略したりする。つまり歩くために脚の筋肉に血液を送り込むために動いているわけではない。

心臓は、体の運動とは無関係に全速で拍動しているにすぎない。脚の筋肉への血液補給には十分すぎる。有り余った血流は、一部は脳に充満して感情を暴走させ、一部は不要な筋肉を異常に緊張させ、一部はあらゆる内臓の血管を駆け巡り、一部は全身の毛細血管を膨張させる。

全身の自律神経は異常な電流を体の各部所に流し続け、ありとあらゆるホルモンが放出される。心身の機能は各所でシステムエラーとなり、その先には「植物性例外状態」が待っている。


これを阻止するにはできる限りの血流を両脚の筋肉に流し続けるほかに手はない。だから立ち止まることはできないのだ。歩き回るほかはないのである。これが私にとって不可欠な「徘徊」なのだ。それは同時にヤツから逃げきれる可能性にも通じることになる。やつに捕捉されてはならないのだ。

しかし、二つ問題点がある。一つは、よく知られていることだが、下半身の毛細血管自体が心臓のポンプ機能を補完しているということだ。心臓はフル回転している。そこへ、歩き回ることでより多くの血液が押し出されるように循環していることだ。

このため、心臓も予期せぬほどの血流が心室、心房に流れ込む。これが、心臓のノッキングと私が呼ぶ現象を引き起こすのだ。もともとショートした交感神経の電流で心臓自体暴走している。ポンプ機能として作動しているのかも怪しいものである。

エンジンに例えれば、スロットルいっぱいの高回転状態に、思わぬタイミングで吸気バルブが開き、ターボチャージャーよろしく気化したガソリンが強制的に送り込まれたのに等しい状況となっている。いわば、点火時期の狂ったシリンダーとピストンを持ったエンジンと同じなのだ。バルブは暴れだし、サージング状態になっている。

これが、私の猛り狂う心臓にノッキングをもたらす。点火が早まったり（つまりノッキングだ）、2ストローク分点火しない状態になったりする。

それがレブカウンターのレッドゾーン、高速で回り続けるのである。そこで起きるノッキング、車でいえばデトネーションだ。エンジンのメルトダウンだ。

この心臓の異常な感覚はすぐに分かる。いつ心停止してもおかしくない。次の瞬間には止まるだろう。いや、今から二秒後だ、心臓は止まる。だが、この絶望的な期待は裏切られ続け、その不安からさらに拍動のスピードが上がるのだ。

もう、止めようがない。この暴走を止めるどんな方法も思いつかない。そもそもこの不安に支配された思考回路でどんな方法を思いつけというのだろう。

仮に、あり得ないことだが、すべてを理解してくれた医師が、私と同じ早さで歩いてくれていて、「これから君の希望どおり、カルシウムの注射を静脈に打つので、ほんの一、二分止まってくれないか」と申し出てくれたとしても、「先生の身に余るご親切には涙が出るほどですが、先生、無理なんです。止まれないんです。止まったら僕の心臓も止まりかねません。そうなれば、せっかくのカルシウム注射も先生のご好意も無駄になってしまいますから」

③頭に浮かんだあるエピソード

もう一つの問題とは、今話したとおり歩くことをやめることができないということだ。

以前、心理学か何かの本で読んだ、不眠症に悩まされていて自殺したいと医師にうったえている男の話が思い出された。

「先生も不眠症の患者をイヤになるほど診てきたと思いますがね。先生には実際不眠症に罹って、毎晩悩まされ、毎日夜が来るのを恐れている患者の気持ちは、失礼ながらお分かりにはならないでしょう。私にはもう限界です。死んだ方がましです。死ねばたとえ地獄へ堕ちようとも、不眠症の生き地獄で苦しみ続けるより、よっぽど幸せであり、楽なのです」

それを聞いた医師はしばらく考えていたが、やがてきっぱりと答えた。

「今日のあなたが限界だということはよく分かりました。私がこれまで試みたあらゆる処方では効果がないことも分かりましたし、新しい処方も思いつきません。あなたが死にたいと思う気持ちもよく理解できました。

ですが、一つだけアドバイスさせて下さい。同じ死ぬのにしても、いろいろな方法があるでしょう。が、ここはひとつ英雄的な死に方というのを試してみてはどうでしょう」

男は、医師が、はなから自殺を思いとどまるように、生きてさえいればいろいろな可能性が開けるものですよと答えるものかと予想していた。だが、同意してきたのだ。

男の中で何かがはじけたが、男は死ぬ決意を伝えに医師をたずねたのであり、死ぬことに苦悩からの唯一の救いを求めていたので、そのアドバイスとやらを素直に聞こうと考えた。

医師は提案した。「私が考えた英雄的な死に方というのはこうなんです。あなたは、ここを出たら全力で走り出してください。この街の周囲の道を、ただ全力で走るのです。やがてあなたは力尽き、それでも前に進もうと最後の力をふりしぼり、一歩でも前に足を踏み出そうと歯をくいしばる。そのとき、あなたの意思は体力を、肉体を超えているわけです。

つまり、自分自身にうち克ち、自己を超越して、そして死ぬわけです。これこそ英雄にふさわしい死に方ではないでしょうか。これを実現するためには、あなたは死ぬために走るのですから、決して力を抜いてはいけません。全力を貫くのです」

男はそれを聞き、自分の英雄的な死のシナリオに思いをはせたのか、涙を流し、医師のアドバイスと今日までの献身的な治療に感謝の限りの言葉を残して、疾風のようにその場を飛び出した。

医師が二階の診療室の窓から外を眺めると、言われたとおり、全力で駆け抜けていく男の後ろ姿が一瞬の間だけ見えた。

男は街の周囲の道を全力で走っていた。折しも午後の二時過ぎ、人通りも少なかった。走るにはもってこいの状況だ。中には、必死の形相で突進してくる男に驚き、大きく避《よ》けたり、振り返る者も少なくなかったが、男が二周目、三周目と周回数をかさねるにつれ、道沿いの店屋の人々やその客たちなども気にはとめなくなった。

男は全力で走った。思ったより脚が軽く、息苦しさもない。何せ、死ぬために走るのであるから、怖いものなど何もない。体もリラックスしている。思い描くのは英雄的な死をとげた自らの姿と、長年苦しめられてきた不眠症からの永久的な解放である。

全力で走り続けているのだが、息もそれほど切れない。汗も額を湿らせる程度だ。脇腹の痛みもない。死を望み、それを実現しようとしている人間には無駄な緊張がないからなのだろうと男は思った。

実際、体が楽なのである。陸上競技でより良いタイムを出そうとか、本番にそなえてオーバーペースで走ろうなどという状況とは違うのである。ゴールは死なのであり、解放なのである。

今まで経験したことのない全力で走り続けるという過酷さから生じる苦痛はまったくなかった。おそらくは、大いなる目標の前に、苦痛という感覚は意識の中に入ってくる余地がなかったのであろう。

これで全力で走っているのだろうか。疑問が男の脳裏を一瞬横切ったが、すぐに打ち消された。彼は、少なくとも全力を出しきっていると確信しており、実際、それ以上脚を速く動かすことができないことを実感していたからである。


日が暮れかかった頃、依然として彼は走り続けていた。日頃、このような過激な運動とは無縁の人間であった。息はとっくに切れ、脚はつり、足の指もすり切れて出血し、痛みがここかしこを襲っていた。走りはじめとうって変わって苦痛に苛まれていたのである。それでも男は、医師が言ったとおりに全力で走ろうとする意思を持ち続けていた。

しかし、走るたびに足を貫く痛みと、すっかり切れてしまった息、全身、特に両脚に満ちあふれた疲労物質が男の意思をいやおうなく削《そ》いでしまう。もう少しで目的を果たせる。だが、それはいつなのだ。数十分後なのか、あの角を曲がったあたりでなのか。これほど無鉄砲に走ったことなどない。体力はとっくに切れているはずだ。

まだ死ねないのはなぜだ。

もはや、全力とはかけ離れた走りをしながら、男は、果たしてこんな状態で本当に死ねるのであろうかという疑問を禁じ得なかった。

夜のとばりが降りた頃、もはや男は歩くことさえ困難な状態であった。痛みはさらに強まり、足の疲労は頂点を迎えていた。英雄的な死は訪れるのか。男は道沿いの壁に手をつき、もたれながら歩いた。

疲れが体の自由を奪う。このあたりで倒れてみようか。だが死に至るような気配はない。男が疲労困憊し、意識が朦朧《もうろう》としてきたとき、ふと気がつくと、自分のアパートの前にいた。男は躊躇せず玄関に入り、足を引きずりながら三階の自分の部屋の前に立った。男は、もうこれ以上歩くことさえ不可能であると確信していたからだ。

男は部屋に入るや否や、寝室のベッドの上に崩れ落ちるように倒れた。そして、そのまま動かなくなった。ピクリともせず、うつ伏せのまま死んだように動かなかった。

彼はついに死んだのか。長く苦悩に満ちた不眠症との闘いの末、ついに永遠の眠りにつくことができたのか。それが英雄的な終わり方であったかそうでなかったかは別として。

いや、彼は寝たのだ。強烈な眠気に抗おうとする一瞬のいとまも与えられぬまま、深い眠りに落ちていった。事実、それから三日間というもの彼は眠り続けた。

泥のように眠るという表現があるが、まさしく彼は地面にぶちまけられた泥と同じであった。ベッドに同化し、ベッドと一体になり、死んだように動かず、眠り続けた。彼が今までの人生の中で経験したことのない深い眠りであった。勿論、彼には死んでいるとも寝ているとも、そんな意識など微塵もない。そのことが分かったのは三日目から四日目に変わろうとする朝のことだった。

カーテンが開けられたままの窓からは、真っ白い、強い陽光が差し込んでいた。

男は薄目を開き、徐々に目を慣らしてあたりの様子をうかがった。頭はぼんやりとして、にぶく重い感覚と少々の痛みが交錯した感じがした。彼は、はめたままの腕時計を見た。今日の日付と時刻が小さな液晶の上に浮かび上がっていたが、その文字と数字が目に入ったきり、すぐには現在という時間を認識することができなかった。

男は徐々に記憶を取り戻しつつあった。腕時計の日付と記憶の歯車がかみ合いはじめた。男はようやくすべてを思い出した。

三日前、男は自殺を決意し、精神科での最後の診察を受けたこと。医師が提示した英雄的な死に方の実現のため全力で走ったこと。気がつくと自分の部屋の前に立っていたこと。そして、この三日間「熟睡」していたということを。

男は、自分が強度の不眠症（だと思い込んでいただけのこと）を命がけ（と思い込みつつ）で克服したのだ。

④下宿への帰宅

そんなエピソードが頭をよぎる中、私は歩き続けていた。時刻は午前一時を回っていた。すっかりシャッターが閉められた目白通りを西に進む。中央環状新宿線にぶつかると右に曲がり、舗道を足早に北東方向に進んでいく。要町一丁目の交差点を右折し、池袋駅方面に向かう。まもなく西口五差路に出る。再び右折し、劇場通りを南下する。さらに細い道を右折し西池袋公園を通り抜ける。そして上り屋敷公園に出た。午前二時だ。

のどが渇き、腹が空いた。

昼間、朝食とも昼飯ともつかぬホットドッグを二本食べた。足踏みをしながら、マスタードとケチャップを多めにかけ、コーラを買い、歩きながらのブランチだった。

それから、何も口に入れていない。昼間かいていた汗はとっくに乾いているし、逆に夜風が冷たく感じる。そういえば、朝、下宿を出て以来トイレに行っていない。余計な水分は汗で出尽くしたのだろう。

いや、必要な水分さえ失われているだろう。そっと、頬を撫でてみた。朝、顔を洗ったときに手のひらに感じた顔のふくらみがすっかりなくなっている。一日で顔がこんなに小さくなることはない。痩せたのではない。脱水しているのだ。

であるなら、血液が濃くなった分、心臓が押し出す血液の量は減っているだろう。汗をかいた分体液の塩分濃度も下がっているかもしれない。もしかしたら、自律神経とやらにも影響が出ている可能性だってある。

それに、なんといっても疲れ果ててしまった。毎日のことで、足にまめができたとか、腫れて痛いなどということはない。疲れただけだ。足が重くなったという感覚だけだ。付け加えれば全身の疲労感・だるさが感覚ではなく、状態として分かる。

今日はこのくらいにして、そろそろ止めた方がいい。いいどころではない、そうしなければならない。横になって眠らなければならない。体の疲労は精神にも影響するだろうから。なんせ心身一如《しんじんいちにょ》だ。

そして、ここが大事なところなのだが、頭と心が朦朧としてきている。つまり、不安に対し、体も心も鈍感になってきているのである。これは歩き続けることのもう一つの目的なのだ。心身共に疲れ果てること。

それは、あのエピソードから学んだことでもある。疲労は睡眠への優れた導入剤だ。不安により不眠症など併発しては目も当てられない。間違いなくうつ病を発症するだろうし、そうなれば外出さえままならなくなるだろう。下宿のあの狭い部屋の中で悶々とすごす生活など自己崩壊につながる。

体の疲労とともに頭の疲労、あるいは眠気、これは不安感を麻痺させる効果がある。言ってみれば鎮静剤のようなものだ。この状態をつくりだし、下宿まで維持して持ち帰ること、これが重要だ。

だが、相変わらず心拍数は必要以上に高いし、不安感は絶えず襲ってきている。だからまだ歩いているわけである。

しかし、こうした状況に目を向け、意識し、考え続けることが、肉体的にも精神的にも集中力が落ちているせいなのか、ふと意識の中で遠ざかっていくかのような感覚で、歩くこと自体が不可能になりつつある。

この状況を下宿に帰り着くまでの道のりの中で、さらに高め、麻酔薬でも投与したように、無感覚に近いレベルにまでもっていく。そして、強い酒をあおり、考えるいとまも与えず、自分自身を眠りの中に放り込むのだ。これが、私が毎日行っている常套《じょうとう》手段なのである。

⑤眠るための儀式

かくして、私はヘロヘロの状態で下宿へとたどり着き、二箇所で九〇度曲がっている階段を注意深く上り、四桁の数字を合わせて錠をはずし、部屋の中に転がり込む。

だが、じっと休めるわけではない。朝から歩き通し、たった今階段を上り、心臓はまだいきり立っている。それに、私が帰り着いたのは最も安心できる場所ではなく、私を何度も不安のどん底に突き落とし、異常な精神状態になるよう強要し、今しも死の奈落の淵で感じるであろう恐怖感を味わわせてくれた場所なのだ。

私は左右に身をよじる。あるいは転がり、うつ伏せになり、エビのように丸くなり、のたうち、心臓の暴走と不安感に耐える。というより、体を動かすことで気を逸らしている。

私はよろよろと壁につかまりながら立ち上がり、綿パンとトレーナーを脱ぐ。そして下着を脱ぎすてる。歩き続けて、夜風で乾ききっていたはずの下着は、意外にも汗まみれで、冷たく重かった。

私はパンツだけ着替え、ビニール袋を持って廊下のとっつきにある、食器洗いと洗面用を兼ねた流しの前に行く。一人用の小振りなシンクだ。ビニール袋から必要なものを取り出す。歯磨きをし、瞬間湯沸かし器をシャワー代わりに頭を洗う。

汗でべたついた髪で寝ることなど耐えられない。顔も石けんで皮脂が完全に取れるまで洗う。冬の時期など顔の皮膚が突っ張るが、汗と脂にまみれたテカテカの顔も耐え難い。最後にお湯をしぼったタオルで体を拭く。

この時刻になるとほかの下宿の住人たちはたいてい寝ているか、読書しているか、音楽でも聴いている。それに頭を流しているときなど、安っぽいアルミのシンクはドラム缶でつくった太鼓のように大げさな音を立てる。だから、その音が聞こえている間はほかの下宿人たちと出くわす心配はない。

部屋に戻るとカギを閉め、今さっき履き替えたばかりのパンツを一旦脱いで、下半身をタオルで入念に拭く。これで一応は、最低限だが体はきれいにはなる。

だが、風呂に入りたい。下宿には風呂はないから、銭湯で体中を洗い上げてさっぱりしたい。銭湯は一一時には閉まっているし、仮に開いていたとしても行くだけの元気もない。また、たとえその元気があったとしても、心拍数が高く、不安感を抱えたまま、見ず知らずの集団の中で熱い湯舟に浸かるというこの上もなく危険な行為などできやしないのだ。

それでこんな生活が発病以来ずっと続いている。洗濯物は三日に一度コインランドリーで洗っている。何ヵ月も風呂に入れなかったという戦時中のことを考えれば上等の生活だ。

寝床は敷きっぱなしだ。布団の上げ下ろしさえ難儀だし、何より心臓の拍動を速めるきっかけをつくりだす。そうはいうものの、不潔な布団では寝たくはない。枕カバー、シーツ、布団カバーなどはちゃんと洗っているし、天気の崩れる心配のない日には布団を干して出かけている。

だが、夜中の二時頃帰ってくるわけだから、布団は冷えきっているし、逆に湿気をおびていたりする。それでも日光に十分さらしているわけであるから、除菌されているはずだ。

⑥ 一気に酔う

さて、しわクチャながら、洗い立ての下着を着け、冷たい寝床にすべり込む。今日一日すべきことを済ませたという安堵感がある一方で、相変わらず心拍数は高く、不安感が続いている。というより、ここからが一日の生活の中での大峠なのである。

宇宙は真空を嫌うというが、心が不安感に満たされているうちはまだいい。天井には蛍光灯が煌々と点いている。私はその蛍光灯を見つめている。ここで強い酒を一気に飲まなければならない。酒に酔い、脳が麻痺してくるに従い不安感は和らぐ。

しかし、それは心を満たしていた不安感の量が減り、心に隙間が広がることを意味している。心も真空を好まない。心の中から不安感が、アルコールの手助けにより駆逐されはじめると、そのときを狙っていたかのように別のものが進入しはじめる。その別のものに比べれば、歩き回り耐えてさえいればよい不安感など比ぶるべきもなき弱い敵にすぎない。

その別のものとは、気を緩《ゆる》めた瞬間に私の自己に取って代わろうとする何ものかなのだ。

私を今にも異常な精神状態にしようと、虎視眈々とすぐ間近に、そやつの息づかいさえ感じられそうなほど身近にいて、私の迂闊《うかつ》な油断に乗じて入り込もうとしているのだ。

それは、不安というものが、うつろ気な、正体のはっきりしない、漠然とした心理状態であるのに対し、断固とした「恐怖感」として現れる。

(2) 私にとっての不安・恐怖とは何なのか

① 根源的不安、それは「存在論的な原初の疑惑」に基づく不安

私は寝ながら蛍光灯を見上げ、その周囲の天井を見回し、部屋の壁、書棚、時計、カレンダー、ポット、コーヒーカップなど周囲を見渡す。

そして、毎日思う。果たしてこれは現実であって、これらは実際に存在しているのであろうか。あるいは見たままに存在しているのか。後者の方は容易に答えられる。

例えば、蝶は紫外線の世界を見ている。人間の目が捉えられる光は、つまり可視光線は宇宙に遍満する電磁波の中で、波長が約〇・三五ミクロンから〇・八ミクロン（ナノメーターの単位だと実感しにくい）の極めて狭い範囲に限られている。蝶は、可視光線の紫の外側にある約一〇ミクロンから四〇〇ミクロンの波長、紫外線が映し出す世界を見ている。

だから、人間の目には同じ紋白蝶と見えても、紋白蝶の目から見ると雄と雌では羽の模様の違いが一目で分かる。蝶が見ている世界は人間が見ている世界とは異なる。その世界の一端は、紫外線カメラを通してかいま見ることはできるが、蝶の複眼で見ている世界は、今、私が見ている世界とは明らかに異なる。

有るものは有る、という当たり前のことが、当たり前ではなくなり、周囲の事物、世界の存在が不確かに思えるようになったとき、人間は根元的な事実と疑問とに直面させられる。

つまり論理的にはこの世界の存在は証明できないという事実と、ここから生まれる疑惑と、混乱と、収拾がつかない状態の中で生まれる耐え難い不安感だ。眩暈《めまい》にも似た怖れ、それは底知れぬ深淵の前に立たされたときに感じるであろう不安感だ。

私が寝入るまでのわずかな時間に、私の心に流れ込んでくるものの正体こそ、この答の出ない根元的事実と疑惑とにまつわる不安感・恐怖感なのだ。

だから、心の中を満たしていた漠然とした不安感が減少し、心に隙間が開いてきたときに進入を開始しようとするその力は、真空にしたフラスコにひびが入り、さらに穴が開いたとき、一瞬にして流れ込み、外気と同じ一気圧の空気で満たそうとする大気圧の力と同じ原理にすぎない。

あるいは、防戦のため潜行深度を超えた潜水艦に、爆雷の破片が直撃し、一気圧に保たれていた艦内に二〇気圧、三〇気圧の水圧で海水が流入し、深度に応じた水圧の海水で鑑全体が満たされる事態とも同じ原理である。

だから、曲がりなりにも心を満たしていた漠然とした不安感が去り、いわば真空に近い状態となった心への、これに代わるもの、つまり根源的不安、恐れの流入を防ぐすべがない。

私は今にも頭が狂いそうになるという恐怖感に囚われ、一晩中もがき苦しまなければならない。一瞬先には気が狂うという恐怖が延々と続くのだ。睡眠も取れない。益々事態は悪くなる一方だ。

おそらく、日頃感じている不安は、この根元的な恐怖感から生まれてくるものであろう。不安とは、意識している対象が何であるのか認識できないときに生じる。

それが何であるか理解し、認識できたときに不安は消える。たとえば、正体不明の伝染病が世界の一地域で発生し、広がりつつあるとすれば誰もが不安に思うであろう。その原因が新型ウイルスであると判明したとき、その重篤な症状、死亡率の高さを知り、不安感の代わりに恐怖感を覚えるであろう。そして、感染者の隔離と治療体制が確立したとき、安堵感を覚えるであろう。

だが、その伝染が完全にくい止められたかどうかはその後の状況を見るしかない。そこで再び不安が芽生え、根付いていく。

事実が判明したときに不安は消えるが、新たに発生した疑問に再び不安感を覚える。

②不安からの脱出が困難な理由

不安からの脱出が困難なのは、その構造に基づいている。想像していただきたい。遊園地では、すり鉢状をした遊具がたまに見受けられる。二メートルほどの深さがあり、底は平らだが、周りには傾斜がつけられ、いわばラーメンのどんぶりのような形をした遊具である。

遊び方としては一方の斜面の途中まで駆け上がり、振り向いてそこから勢いをつけて反対側の斜面を登るのであるが、これは脚力のある子供にしかできない。このすり鉢状の遊具の教育上のねらいは、斜面を円形に走り、遠心力の助けを借りて徐々に走る面の高さを上げ、自然と上まで駆け上がる体験をさせるところにある。

だが、いろいろの年齢の子供がこの遊具で遊ぶ姿を見ていると、小さい子供の場合、はじめは円周も狭く、円周の長さに対してスピードが速いため、遠心力も強く、苦もなく高度を上げていく。しかし、半ばまでくると弱い脚力のゆえに高度を維持するのがやっとの状態となる。子供は懸命に走るのだが、やがて疲れて底に墜ちていく。

不安の構造はこれに似ている。心身共に元気な者にとっては、多少の不安も一挙に駆け上がって克服する。しかもその円周は狭く、傾斜もなだらかである。大きな不安ではないか、大して不安には感じていない証拠だ。

ところが、不安を大きく感じてしまう人、心身が衰えている人にとっては、すり鉢は大きく深く、傾斜もきつい。そこから脱出しようと、底に横たわる不安を見ながらその周りを回り続ける。同じところを延々と回り続ける。しかし、結局は力尽き、底で待ちかまえている不安の上に落下してしまう。これは、悪循環だ。何度も挑戦するが次第に体力も衰えていくからだ。

人間には元々不安やストレスに対抗するだけの機能と力が備わっている。

人類の長い進化の過程で、飢餓、水分の枯渇、酷暑、酷寒、病、死、さまざまな天変地異などを経験し、おびえ、恐怖し、大きな不安にかられてきたはずである。

それらを克服し、人類を存続させえたのは、人間の知恵である。食物を確保するために、狩りの方法を覚え、罠を開発したり、集団で組織的に捕獲するなど知能の発達に応じた工夫もされただろうし、食物になる植物を自分で計画的に栽培する農業により、食の安定的確保を図ってきた。

酷寒には毛皮や植物の繊維で編んだ衣服をまとい、病には経験的に知り得た薬草を用いたり、滋養のあるものを食べ、安静を保つことなどにより克服してきた。

こうした進化の過程での経験が、人類に不安やストレスに対抗するだけの機能と力を備えさせたのである。だから、心身が充実しているときには、人間は多少の不安やストレスをものともしない十分なほどの防衛能力を持っている。

それは進化を反映した遺伝情報として、大脳皮質に蓄積され、不安やストレスに対抗して、システム化された各種の脳内ホルモンの分泌などにより、感情の抑制、発散、転化、昇華、原因そのものの進入阻止などの抵抗力として働く。

ところが、古代から現代に至る物質文明の発展、精神文化の多様化・複雑化、労働形態の変化など人類を取り巻く環境の進展が速すぎたため、人間の持つ防衛能力の発達が追いつかず、対応が困難な状況に立ちいたった。

産業革命以降、特に近年の生活環境の急激な変化、社会生活の多様化、労働の高度化・専門化、溢れ出る情報の複雑化・多量化・加速度化、また、雇用の不安定化、社会格差の拡大、学歴による差別化と幼児期からの詰め込み式学習の超過、これによる人生目標の設定不良、学校間格差・学校内格差・学級内格差、ついていけない子どもたちの増加、学校教育・家庭教育とりわけ親の養育方法の不備・不適正、生きがいの消失、加速する地球環境そのものの悪化、などなど挙げだしたらきりがないほど人類史上、かつて例をみなかったカオスつまり混沌と混乱と予測不能な不安定さが支配する世界、現実を生きなければならない時代が到来している。

人類が獲得した抗ストレス・不安機能は、健康で充実した心身の持ち主においてはじめて十全に機能するが、一旦、なんらかの要素で躓きを経験し、そのうえに追いうちをかけるかのような精神的負担・苦悩、あるいは過重労働で疲弊した身体の体力の低下などが重なると、もはや抗ストレス・不安機能は正常にはたらかず、あるいはまったく機能しなくなる。

いや、仮に完全にはたらいたとしても、押しよせるさまざまな強いストレスと不安の量は、もはや抗ストレス・不安機能の処理能力の限界を超えてしまっている。

③ 心的外傷「トラウマ」を原因とする心因性疾患が蔓延《はびこ》る現代社会

近頃、日常会話の中でも「トラウマ」という言葉が使われる。言うまでもなく心的外傷のことであるが、この用語を心理学用語として位置づけたのはフロイトである。もっとも身体的・物理的外傷に対する言葉として以前から比喩的に使われていたらしい。「trauma」という言葉自体は古代ギリシャ語で「傷」の意味であったが、今では、特に、日本において何かにつけて使われ、漫才のネタの中にさえ登場する。

しかし、神経症、うつ病、引きこもりなどの原因となる現代社会が抱える大きな問題である。トラウマ（心的外傷）の原因には、幼児・児童への虐待、いじめ、暴力、事故、災害、死別などがあるが、特に子供への虐待、いじめなどがクローズアップされている。

トラウマを精神障害の原因であると提唱したフロイトであるが、「リビドー」という彼独特の用語が自然と浮かんでくる。それはまた、性的欲望とかセックスへの衝動などを連想させる。リビドーとは本来ラテン語の「欲望」のことだが、フロイトが学説の中で「性的衝動を発動させる力」と定義したため、フロイトというと、何でもかんでもが性的欲望が根本的原因であるという思い込みさえ生まれてしまう。

だが、幼児期におけるエディプスコンプレックス（心的外傷）という理論を生んだのは確かである。これは幼児期における性的虐待だけに限定されるのではないかと批判をあびたが、理想と現実の差違が葛藤を生み、心にひずみをつくりだすことを理論化した点で評価されている。

複雑化が日々すすみつつある現代で、心的外傷「トラウマ」を受ける機会が増加していることは確かであり、ＰＴＳＤ（心的外傷後ストレス障害の精神疾患）は世界的に大きな問題となっている。

（3）ヤノフと原初療法

①原初療法

原初療法はよく知られているとおり、フロイト系の精神医学者アーサー・ヤノフにより開発され、確立された治療法である。

ヤノフという名前は、一般にはあまりなじみのない名かもしれないが、ジョン・レノンがその原初療法を受けた一人であったといえばいくらか親しみがわくかもしれない。

その著『原初からの叫び』（The Primal Scream）は一九七五年に訳書が出版され、その表紙にはフロイトを超え、病める心を救う画期的理論と謳われ、また、「フロイトは一九〇〇年に『夢判断』を発表したが、ヤノフ博士のこの著作はそれとまさに匹敵する仕事といえよう。」というチャタヌーガ・タイムズなどの讃辞が載せられていた。

ヤノフは、希有の天才フロイトから出発し、フロイトを超えたと讃えられた。

ヤノフは、フロイトを天才であると敬意をはらいながらも二つの重要な誤りを指摘した。一つは、「神経症にははじまりはない」という考え方であり、もう一つは、「もっとも強力な防衛機制の備わっている人間が、社会でもっともよく機能する」という考え方である。

ヤノフの理論は、「私たちは、私たち自身そのものとして生まれてくる」という仮説のうえに成り立っている。「人間は、神経症や精神病の人間として生まれてこない。ただ生まれてくるだけだ」と説く。正常な人間とは、「精神的な防衛に無縁で、緊張しておらず、心の葛藤にさいなまれていない人間である」と定義される。

しかし、特に幼児期における心的外傷など（いわゆるトラウマ）により、人間は、正常な人間から神経症などを病む人間となっていく。幼児は空腹感に打ち克つことができないし、欲求を言葉で伝えられない。なんとかして両親に自分の欲求を満たしてもらおうともがき続けるか、もしくは自分の望みをあきらめ、その苦しみを押し殺してしまうまで幼児は苦痛を味わう。

幼児は愛情の代用品を見つけだすこともできないので、自分の感覚（空腹感など）を意識から分離せざるをえない。これは大きな苦痛を伴う行為で、「分裂」と呼ばれ、人間の本能的行動とされる。

しかし、満たされない欲求は分裂によって解消されない。それは苦痛を伴うため、意識にのぼらないよう押し殺されている。この意識下に押し込められた満たされない欲求が、その後の興味や関心の在りかを方向づけ、象徴化された行動の動機づけとなる。この象徴化された満足の追求こそ神経症の本質であるとヤノフはいう。

二〇歳の学生であった私は、さっそく初版を買い、毎夜なんべんも読みふけったものである。

② 原初療法はいかにして発見されたか

ヤノフが原初療法を発見したのは偶然の出来事からだった。

ロンドンの舞台で、とある役者が、おしめを着け、ほ乳瓶からミルクを飲みながら歩き回り、出番の間じゅう、胸がはり裂けんばかりの声で「お母さん、お父さん、お母さん、お父さん！」

と叫び続けるという役を演じていた。

それを観劇したある大学生が、たまたまヤノフの治療を受けていた。その学生は精神病にもヒステリーにもかかっていなかった。性格は内向的であり、繊細であり、物静かな、そして、その性格からか、ヤノフの治療を受けている（ヤノフいわく）気の毒な学生だった。

その学生が、舞台で観た役者の行為に強くとらわれていると感じたヤノフは、試しに「お母さん、お父さん」と叫んでみてくれないかと求めた。学生はそんな子供じみたことは馬鹿げていると断ったが、結局求めに応じるハメとなった。

叫びはじめると、彼は、それと分かるほど取り乱した。突然、床の上で苦痛にもだえはじめた。息づかいは荒く、断続的になった。

「お母さん、お父さん」という金切り声が、まるで抑えがきかないかのように彼の口から飛び出してきた。学生は昏睡状態かヒステリーに落ちいっているようであった。身もだえが、軽い程度のけいれんに代わった。

そして最後に、鋭い、まるで断末魔の叫びのような声が、ヤノフの治療室の四方の壁にとどろいた。ほんの二、三分の間のできごとであった。ヤノフも当の学生も、なにが起こったのかまったく見当がつかなかった。

「やったぞ！　なんだか分からないけど、感じることができる」学生が言えたのはこれだけだった。

このやりとりはテープに録音されていたため、ヤノフは繰り返し聴き、何が起きたのかを考えた。

ここから、ヤノフの研究がはじまり、大きな発見と、多くの患者に治癒をもたらせたのである。

③ 幼児期のショック

ヤノフにとってこのショックとは、子どものときの「認識」であり、このショックを完全に感じとったなら、当人にとって破滅的な心理的打撃であることが多いとされる。そうしたショックは心の中に抑圧されるとともに、危険がすぎさった何年もあとまで影響をおよぼし、本人に緊張した行動をとらせる。

両親に軽蔑されている子どものショックは、たとえば成長して三五歳になれば、自分を軽蔑し続けた両親がなんら危険な存在でないことは承知している。それにもかかわらず、成人してからの本人の行動は、両親の危険性への恐れの感情にねざしているという。

ある患者は、治療する前の問診で「全身に緊張を感じます。私は確かに父親を恐れていたのだと思います」と語る。治療が佳境に入ったとき、たとえば四〇歳台の立派なひげをたくわえた男性が、涙ながらに「お父ちゃんのバカヤロー！」と心の中に抑圧されてきた叫び声をあげる。治療後の感想として「(心が) あるべきところに収まったような気がします」と、すがすがしいといった感じで答える。

このことは私にはよく理解できる。私の幼児期から学童期における私の父親への恐れの感情は、現在でも尾を引いている。今父は八二歳であり、今でこそ、あととりである私を慇懃《いんぎん》に扱ってくれ、何かにつけ心配してくれるが、それでも、父に対する恐れの感情に今でも支配されていると感じている。

私は父親から独立した世帯主であり、幼児期と違い、体力でもはるかに勝っている。それなのに、しばしば朝目を覚ますと、今朝はどんな理由で父親から叱りつけられるのだろうという恐怖の念にかられることがある。体が緊張し、心拍数も増すのだ。

小さな子どもは無防備であり、ショックをまともに受け止めるであろうし、その精神的苦痛は耐えがたいものである。事実私もそうであった。

幼児期の心的外傷は、生涯を通じて人間の精神性に影響を与えるものであるから、親の立場にある者こそよくよく自分の行動に注意を払わなければならないし、一歩すすんで自分がどんな心的外傷により、たとえば怒りやすい性格になっているのか考えようという意識を持つべきである。

適切な親であるということは、非常にむずかしいことであるということを肝に銘じたほうがいい。

④原初療法を安全に自分自身で行う方法について（注意点にご留意願いたい）

あなたが原初療法を受けたいと希望した場合、国内では無理であろう。あらかじめ病院を調べて渡米しなければならないであろう。

私は、原初療法が本当に有効なのか否か検証したことがある。

もちろん原初療法は、およそ三日間をかけ、医師との長い言葉のやりとり、自分自身と向き合った対話の中から、その性格、神経症の原因となっている、抑圧され隠されていたトラウマをはき出すことにある。

患者は、自己の精神の防衛機制から質問に答えることに抵抗し、また、そんなバカげたことはできないと自分を正当化する。ヤノフが原初的なプールと名づけたトラウマでいっぱいに満たされた深層心理の蓋《ふた》は容易に開かないのだ。患者の自己防衛の力は強い。

意識が目を光らせている間は、熟練した医師でしかその内部をかいま見ることはできない。では、なぜ催眠をかけて意識をうとうとさせている間、自己防衛力が弱まったときに行わないのであろうか。

原初療法は本人が覚醒しているときに、その原因に導き、はき出すことを意識に残し、そのとき得られた心の変化に気づかせ、記憶させることが重要なのである。なにがはき出され、自分の心になにが起こったのか、自分自身でも驚くような怒りの感情と、発せられた今まで聞いたこともない恐ろしいほどの自分の声。抑圧されてきた感情の噴火を体験するのである。

では、自分で行うにはどうしたらよいのか。ヒントはエミール・クーエという本来薬剤師であった人物が書いた『自己暗示』という本にあった。自己暗示は、今ではイメージトレーニングとしてスポーツにも取り入れられ、記録の更新に大いに貢献している。

私の場合は、自己暗示を応用しての自己催眠状態で行った。腕が重くて上げることができないといった程度の、浅いレベルで十分であった。続いて、現在一八歳であるがしだいに年齢が若くなっていくという暗示を与えた。八歳まで暗示により遡《さかのぼ》ったとき、ありありとした記憶と感情が蘇った。

私は小学生で、日曜日に友だちを家にまねいて遊んでいたときのことだ。開けっ放しになっていた隣の部屋には父親がいて、仕事上の勉強をしていた。しばらくして、父親が私の友人をにらみつけ、こう言った。

「足がクサイじゃねえか。脂足《あぶらあし》か。外で遊んでいろ！」

私の父は、若くして銀行の支店長となった努力家であった。そこへ息子とその友人がいわば乱入し、大声で笑い、あるいは跳びはね、その勉強のさまたげになっていたのだ。今なら父親の気持ちも分からないではない。

しかし、まだ子どもであった私と友人とはお互いに強いショックを受け、無言のまま外に出た。友人に何と言ったらいいのか。さそったのは自分である。手と足が、がくがくしていた感覚まで蘇った。

そのとき、私は夜中の下宿ではり裂けんばかりの声で叫んだ。「お父さんのバカヤロー!」

さらに、年齢を遡った。五歳のとき、妹のほかに弟が誕生した。二人の幼い弟妹《ていまい》の兄となったのだ。そこで父親からこう言われた。「今夜から北の六帖間で一人で寝るんだ」

それまで、寝室で「川」に棒を一本たした形で、安心して、また親の愛情も感じながら、幸せな気持ちで眠りに落ちていった。

だが、その日を境に五人家族の中で、自分だけが除《の》け者となった、と感じた。暗い北側の部屋で泣きながらふるえていた。その記憶が蘇ったとき、二回目の叫びが私の口から飛び出した。一回目と同じ叫びだった。「お父さんのバカヤロー!」。

このとき、私は自己暗示を解いた。軽いレベルの自己暗示であったが、驚くべき結果がでた。そのとき、自分の心の中に起こった状態を私は検証してみた。完全ではないが、心に長年引っかかっていた何かが取れた感覚があった。また、表現するのはむずかしいのだが、一種のすがすがしさがあった。また、父親のことを考えてみた。それまで、父親のことを考えること自体ほとんどなかったのだが、自然と考え、思い描くことができた。これが、私が感じたことのすべてである。

原初療法を受けるには、熟練した医師が必ず必要である。思わぬ副作用がないとは限らないからだ。

また、他者が強制的にかける催眠は非常に危険である。催眠にかけられる被験者の過去の体験、トラウマ、性格、人格が考慮されないからである。

自己催眠、あるいは自己暗示が安全なのは、自己の精神が破綻しないように自己防衛機能がはたらいているからだ。これ以上深くは、あるいはこの記憶だけは顕在意識にのぼらせてはいけない、自己破綻の恐れがあると判断すると、トラウマの原因となっている記憶は意識の中に送り込まないのである。

これが、他者がかける催眠であると、有無を言わさず強制的に引き出してしまう。その結果、よい方に治療がすすむとはかぎらず、逆に悪化してしまう場合が少なくないからだ。

(4) 最終的な不安、死そのもの、死を前にしての人生の意義づけ

「死」は恐れるべきものなのか。人間は「死」に不安を感じるべきなのか。生まれた以上一〇〇パーセントの確率で「死」は訪れる。

しかし、ガンなどで死を目前に宣告された人々を除き、人々はまるで「死」などこの世に存在しないかのように生きている。神については関心が持てても、死に神など絶対存在しないと確信しているかのように生活している。

「死」は恐れるべきものなのか。

サマーセット・モームは、「人間は、どんな人であろうが例外なく、もともと無（存在しなかった）であったわけであるから、「死」はもともとの状態に戻るだけの話であり、恐れること自体バカげている」と言ったが、この理屈で「死」を乗りこえられる方には、恐れも不安もないであろう。

それは赤道付近で生まれた低気圧が、熱帯雨林に恵みの雨をもたらし、あるいは、はた迷惑な狼藉《ろうぜき》をはたらき、いつしか消えていくのである、ということと同じことを言っているように聞こえる。

人間は低気圧と違い、生まれてから死ぬまでの間、精神、心、意識を持っている。

動物の場合なら、天敵の出現、山林火災、河川の氾濫など、さし迫った「死」を恐れる。種を守るための本能的な恐怖である。だが、普段から「死」を恐れてノイローゼに罹っている犬や猫は見たことがない。

動物には「死」という概念がないため、精神的に死を恐れるわけではなく、本能的に危機から逃れようとする行動をとる。それが「死」への恐れに見えているにすぎない。

人間は、肉体、身体の死については認識することができる。いろいろな生き物の死や人間の死を目で見ているからである。肉体は分解し、地球へと還されるのである。

だが、見えない精神や心、意識はどうなるのか。

ここの消息が分からない。精神や心、意識そのものが脳でつくられるものなら、これらは消滅する。

しかし、脳の精神作用がなくなっても、なお心（魂）が存在するなら、目に見えない世界での存在となる。仮にそうであったとしても、可視光線が反射して空間が認識できる質量のある世界・物質世界ではなかろう。

いきなり、何の予備知識もなく、語学力（言葉に相当するものがあればの話だが）、地図もなくそんなところへ放り出されたらさぞかし面食らうであろう。手に一〇〇円玉を一つ握りしめ、下着のままブロードウエイの真ん中か、シャンゼリゼ大通りに置きざりにされたようなものなのか、気がついたらサハラ砂漠のどこかの窪みに横たわっていたようなものなのか、とんと見当さえつかない。

かもしれない。

(5) フランクルとロゴテラピー(死への不安を乗りこえるための心理療法)

①アウシュビッツとフランクル

フランクルという精神医学者は、現在では、フロイト、アドラー、ユングほど知られていないかもしれない。

しかし、ヴィクトル・E・フランクルは、次の点で私の最も尊敬する精神医学者である。

・アウシュビッツにおける生死の間を彷徨う極限状況下において、同じ境遇のユダヤ人たちに、あるときはユーモアによって元気を与え、あるときは言葉により希望を与え、また、あるときは彼らに生きることへの意義づけを行った。これは、打ち首が決まった吉田松陰が、とらわれていた野山獄《のやまごく》で囚人たちを相手に塾を開き、死ぬ前の日まで講義を行っていたというエピソードを連想させる。

その結果、フランクルは絶望的な状況の中で、自分自身とともに、本来なら死亡していた収容者たちとともに、この凄惨極まりない地獄から生還した。

・一七歳の頃、後のロゴテラピー(ロゴセラピー)の基となる論文でフロイトに絶賛されたこの天才的精神医学者は、その貴重な経験から精神分析学の第三ウィーン学派として独自の実存分析を唱え、とりわけロゴテラピーはユニークにして、人間の根源的不安を解消するうえで大きな役割を果たしている。

・ユング、アドラーなど他の優れた精神医学者と異なり、治療方法に固執せず、精力的に治療活動に身を捧げた。すなわち、ロゴテラピーは必要な患者、有効と判断された者だけに施された。この画期的な治療方法を受けた患者の割合は二割といわれ、自己の理論にとらわれない患者に応じた治療態度が貫かれた。

フランクルのアウシュビッツでの体験は、邦題『夜と霧』(フランクル著作集、みすず書房)を読んでみていただくのが一番である。原題は、『EIN PSYCHOLOG ERLEBT DAS KZ(心理学者、強制収容所を体験する)』であるが、邦題は、ナチス・ドイツが政治犯を検挙するためにつくった政令「夜と霧」作戦にちなんでいる。夜の闇のような恐怖感、不安感、夢とも現《うつつ》とも区別できなくなる意識レベルの低下、その中で深い霧に覆われたかのような先のまったく見えない日々、内容をこれほど端的に著した著作名は滅多にない。霜山徳爾氏の名訳である。

収容所の入り口にはアーチがかかり、『ALBEIT MACT FREI(アルバイト　マハト　フライ(労働は自由への道))』と書かれていた。

選別所で、労働に耐えられる体力のある者は左に行くよう指示される。そうでない者は右に行くよう命令され、その日のうちにチクロンBによる毒ガス死と焼却処分が待っている。

左を指示された者には労働が課せられる。それも、同じユダヤ人の中からサディスティックな性格を基準に選抜された看守（カポー）付きの過酷な労働である。体を休める部屋といえば、板張りの決して広いとはいえない宿舎に設置された「本棚」のようなベッドである。板が何段にも重ねられた狭い空間の中で、ぼろ切れのような毛布にくるまって眠る。

過酷な肉体労働を支える食事は、一切れのパンとスープである。ソルジェニーツィンの『イワン・デニーソヴィチの一日』で、政治犯用のシベリアの強制労働所で上澄《うわず》み液のようなカーシャ（スープ）が配給される場面がある。スプーンで底をかき回し、芋のかけらでも見つかればラッキーな方だ。

フランクルたちに配られたスープも同じだった。看守であるカポーたちが、あらかじめスープ鍋の底から芋や大豆といった具をすくい尽くしてしまい、コンソメ状態となったスープが配られた。

一方、一切れのパンをどう食べるかは重要な問題だった。空腹に任せてそのまま一口で食べるのか、半分食べ、残りを保存用とするのか、空腹で眠れない夜食用にそっくり残しておくのかなど、小さなパンを巡って大いに悩むのである。

いずれにしても、肉体労働を支える食事というより、生きるための基礎代謝を維持できる程度のカロリーしかないわけであるから、労働するためのエネルギーはまず皮下脂肪から捻出される。次に内臓脂肪が消費される。

定期的に労働に適するかどうかの医師による選別があり、そこで失格となればチクロンBが待っている。身体機能は環境に順応し、生命を維持するため基礎代謝量も下がり、エネルギーも効率的に消費されるよう変化したが、カポーたちの棒や鞭による強制労働に対し、衰弱死する者、不衛生な環境で病死する者、そして選別により消えていく者たちが増加していった。

労働は自由への道ではなかった。自由の反意語、拘束と強制であった。だが、ある意味自由への道であった。

脂肪が使いつくされると、人体は緊急的な生命維持のため、筋肉にエネルギー源を求める。筋肉を分解しエネルギーに変えるのである。アウシュビッツをはじめとする各地の収容所で生き残った人々の写真を目にすると、骨格の上に直接皮膚があるのではないかと錯覚するほどに筋肉がやせ細っている。

このような状態で生き残り、自分の足で立ち、歩行できること。これは奇跡としかいいようがない。

ところで、フランクルはアウシュビッツで二種類の人間を目撃した。一つ目の人間は、飢餓と疲労のため、死にかけている人に、ベッドの中で大事に保管していた自分たちのパンの残りを与えようとする人々。二つ目の人間は、死んだ人に群がるや、靴やベルト、衣服、寒さをしのいできたボロ切れのような毛布をはぎ取り、その寝床をすみずみまで調べてパンの残りを見つけ出そうとする人々である。

フランクルは、世界には二種類の人間がいると言う。善い人と、「そうでない人」である。自らの命も危うい極限状態であっても、善い人はあくまで善い人であり続ける。極限状態でなくても、「そうでない人」はあくまで「そうでない人」であり続ける。

私やあなたは、どちらの人間なのだろうか。

②フロイト、アドラー、ユングへの批判

フランクルの思想は、シェーラー哲学を基盤としている。マックス・シェーラーの考え方は、人間の実存性を、高次の意味や価値との交わりに置いている。シェーラーは、人間を「衝動」で動く単なるロボット、自己完結的な自動機械ではなく、一人の意思ある実存として、高次の存在との接触において成長していく存在と定義した。

フランクルから見れば、フロイトの心理学は、人間をリビドーという名の性的衝動に支配された存在と見なしており、アドラーの心理学は、人間を劣等感の補償のための権力への衝動に支配された存在と見なしている。つまり、「人間とは、単なる○○に支配されている存在にすぎない」という命題で片づける「還元主義」であり、独善的で非人格的な心理学であると批判している。

ユングについても、人間の深層心理に宗教的要素があることを認めた点で評価しているが、その宗教的要素・意識を、フロイト、アドラーと同様に「衝動」として片づけてしまったことを批判している。

勿論、フランクルは、人間がしばしば性衝動や権力衝動によって支配される面を持つ存在と捉えている。事実、人間が、本能的な抗いがたい性衝動によって行動することは、むしろ日常的な事実である。

だから、フランクルは、フロイト、アドラー、ユングの心理学自体を否定しているわけではない。フランクルは、それぞれの心理学者が、それぞれの一面的な自説だけを全面に出し、それをもって人間存在のすべてであるかのように「決めつける姿勢」を批判したのである。人間を「衝動」のメカニズムだけで説明しようとする傾向を批判したのだ。

フランクルの一家は、ナチスによる「夜と霧」作戦によりゲットーに収容され、その日に「選別」された。

労働力となると判断されたフランクルだけが、アウシュビッツに向かう列車に乗せられ、妻と子どもは別の列車に乗ってそれぞれ出発していった。

フランクルがアウシュビッツでの最初の夜を迎えようとしていた頃、妻と子どもはすでに焼却され、灰と化していた。勿論、このことをフランクルが知るすべはなかったのであるが、あるとき、妻がフランクルの前にありありと現れた。フランクルは妻の無事を喜び、力を得て労働に励んだのであった。フランクルを逆境で支えてくれたのは妻への愛でもあった。

そしてまた、フランクルの内なる良心の声、シェーラーが高次の存在と呼んだものであった。フランクルはこれを「ロゴス」と呼んだ。

フランクルは過酷なアウシュビッツでの自己の体験と、死生の間を彷徨う人々を心理学者としての目で観察し、この高次の存在「ロゴス」を確信するに至った。人間の精神は単なる「衝動」の産物ではなく、「ロゴス」を認識できる存在であって、人間の高い精神性はこの「ロゴス」との交わりによって育まれるものであると悟ったのである。

③ ロゴテラピー

フランクルにとって、哲学者シェーラーが、「人間とは、一人の意思ある実存として、高次の存在との接触において成長していく存在である」という場合、「高次の存在」とは「人間の究極の本質」を意味している。

フランクルは、これを「ロゴス」と呼び、これを覚醒させることが必要だと主張した。

では、「ロゴス」とは何か。

「ロゴス」とは本来「言葉」の意味であるが、この言葉が、哲学用語として注目されたのは、へレニズム期に登場したゼノンを中心とするストア哲学においてである。ストア哲学では、神が定めた世界の論理を「ロゴス」と呼び、次第に神と同一視するようになった。

ストア哲学においては、「ロゴス」とは、ストア派の哲学そのものの根幹となる概念であって、世界・宇宙の論理を意味する。それは「自然」であり、人間にとっては「運命」であった。人間は、世界・宇宙の一部であって、必然的に「人間が世界の一部であるという自然本性」として「ロゴス」を持って生まれてくるとされた。そして、この「人間の自然本性」に従って生きることが理想的な生き方であるとされた。

これは、東洋でいうところの老子の「道」に酷似している。自然の理である「道」に従い生きる、無為自然に生きることが真の人間の生き方であるとする考え方である。

今日、哲学の分野で「ロゴス」という概念が意味するところは、単なる世界の理《ことわり》であるのみならず、人格的で神的な意味でのロゴスをもさしている。

フランクルが「ロゴスを覚醒する必要がある」という場合、「ロゴス」は、人間の内なる究極の本質、自然本性、老子でいうところの「道」などを意味していると考えられる。では、どうしたらロゴスを覚醒させることができるのか。

フランクルによれば、「人間の実存的本質は、『自己超越』にある」という。「自己超越」により、ロゴスが覚醒するのである。

では、この「自己超越」とは何か。「自己超越」とは、「自分を忘れること」、すなわち「無我の境地」であるとフランクルはいう。

「忘我」、「無我の境地」。「自分という意識を忘れ去ること、捨て去ること」、これが「自己超越」である。

賢明な読者の方々には、すでに述べられた次のような事柄が頭の中に浮かんでいらっしゃるであろう。

「あれか、これか。忘我の演説」（キルケゴール）

「『過剰な意識』どころか『意識そのもの』を持つことが、すでに病気である」（ドストエフスキー）

・只管打座《しかんたざ》、すなわち、ただ座る、無条件で座る、「無我の境地」そのことさえ考えない。（禅「曹洞宗」）

・ただ、「道」に従って、自我を捨て、無為自然《むいしぜん》に生きる。（老子）

死についてのフランクルの見解はこうだ。

価値のある、素晴らしい自分自身を築きあげたいのであれば、何よりも、各自の行う「行為」によって、この地上での人生を充実した、素晴らしいものとしなければならない。それに、なにより大事なことは、この地上生活における自分自身の価値を見いだすことだ。誰にでも、例外なく地上での存在意義がある。それを見つけることだ。

地上生活での思い、心の在り方、考え方、愛情の深さ、決断、その結果としての一つひとつの行為。一人ひとりの人間がそれらを通してつくりあげた作品・彫像が、私たちが死んで超世界に移行したときの姿を形づくるのだとフランクルはいう。

超世界において形態の素材となるのは、物質ではなく、ある種のエネルギーであり、それを形づくるものこそ、考えや思いの結果である行為というエネルギーだからである。

フランクルは、地上での人生を演劇（ドラマ）に喩《たと》える。人生が演劇であるならば、観客に感動を与えるようなストーリーであるべきだ。主人公が、何不自由なく生まれ、何不自由なく生きて、幸せに包まれて死にました、というストーリーでは何の面白みもないであろう。主人公には、精神的に成長する機会がいっさい与えられていない、つまらぬ人生だ。

演劇のストーリーとは、たとえば、主人公に、ありとあらゆる試練や困難が待ち受け、それに主人公がどのような姿勢を以て向き合うかどうかによって、そして決断し、いかに行動したかによって、感動的なものになるか、陳腐なものになるかが決まるものだ。

私たちは、ロゴスという観客たちに喜んでもらえるよう、どんな役柄であるかを問わず、エゴからではなく、利他的で、愛から出た演技をするよう心がけよう。内なる声でもあるロゴスも喜ぶであろうし、自分の人生に意義を見いだすこともできるであろう。そのようにしてつくられた自分自身の彫像は、そのまま死んだ後の超世界での姿ともなる。

熱海の有名美術館で知られるS教の教祖、岡田氏は、同様に人生を舞台に喩えた。信者たちを前に常にこう言っていたといわれている。

「人生は、練習なしの、いきなり本番の舞台である。劇の主人公役になる者もいようが、多くの者は、主人公を引き立て、その劇を感動的な結末へと盛り上げていく脇役たちである。だから、人生においては、泣く役は買って出なさい」

ロゴテラピーの目指すところは、死を前にした患者に、生きてきた人生への意義づけを行うことである。どんな人生にも必ず意味がある。患者と語りながら、相手の人生に意義があったことを実感させてあげることだ。

これは、フランクルが、アウシュビッツで実際に実践してきたことと同じである。名前を消され、番号で呼ばれ、自分自身であること、人間であることを次第に失っていく人々に、生きること、生きてきたことの意義について語りかけた。生きることの意義づけを行うことによって希望を与え、あるいは死なんとする人々には、彼らが生きてきた人生には十分に意義があったことを確信させ、空虚感ではなく、充足感、満足感を持たせて逝かせたのである。

したがって、ロゴテラピーが対象とする患者とは、生きる意味を喪失し、人生に絶望した人々、いわゆる実存的空虚感を原因とする心因性疾患の人々、及び、近づく死に対し、自己の人生、存在に意義を見いだしたいと渇望する人々である。

科学技術の急激な進歩が、そのまま家電製品などとして家庭生活、社会環境に反映し、溢れ続ける情報に流されかけ、あるいは流され続ける現代にあって、こうした社会全体の進展、多様化、専門化、グローバル化などに翻弄され、自己を見失いつつある人々。彼らに人生の意義を見つけ出そうとする時間は与えられていないし、方法も教えられていない。

自己の人間としての存在意義が分からない人間にとって、他の人間の存在意義はことのほか低いものとなる。その命を奪うことの重大性について、理解できないところから信じがたい犯罪も生まれる。

その原因を学校教育に求める人々は、必要な家庭教育を怠ってきた親たちだ。

他人《ひと》・国家のせいになどせず、自分の責任において、自分や子どもたちの人生の意義について真剣に考えることが求められている。

4　人類は未だに「天動説」によって考えている

（1）「地動説」発見後も人類の思考パターンに変化は見られない

周知のごとく、「地動説」はコペルニクスによって発見された。これにより、後の科学の発展が可能となったのであり、物事をまったく逆の視点から捉えるという意味で、しばしば「コペルニクス的転回」という言葉が使われる。

コペルニクスは、その主著『天球の回転について』を、一五四三年に自身が死期を迎えるまで出版させなかった。彼は、知事やいろいろな役職を歴任するとともに、キリスト教会の高位の司祭でもあったからだ。一物理学者にすぎなかったガリレオとは置かれていた立場・状況が異なる。コペルニクスが現役（存命）中に「地動説」を唱えようものなら、その社会的影響や当人とその家族らにもたらされたであろう悲劇は想像さえつかない。

それ以後、いや、現代においては、誰しもが「地動説」で考えていると、当たり前のように考えてきた。あまりに当たり前すぎて、そう考えることすらなかった。

しかし、実際はそうではなかった。一部の者を除き、科学者でさえ、未だに「天動説」によって考えているとしか思えないのだ。


我々人類は、自分たちを「地球人」と名乗る。当たり前だと言われるであろう。約一三七億年前に誕生した球体と思《おぼ》しきこの大宇宙の中に、何億あるとも知れない島宇宙、これは別名「銀河」とも呼ばれる。地球があるのは銀河系島宇宙、天の川銀河である。これは誰でも知っていることだ。

肉眼で確認できる銀河の一つとしては、地球から二三〇万光年の距離にあるアンドロメダ銀河がある。このアンドロメダ銀河は、我らの天の川銀河より大きく、直径で約二・五倍ある。この銀河を構成する恒星の数はおよそ一兆個とされている。この恒星の周りを公転する惑星まで合わせると、大雑把にいって（大きく数字がはずれていても、何ら問題ないくらい、大きな数を扱っているのであるが）一〇兆個以上の星・天体の集まりである。このアンドロメダ銀河一つをとっても、その大きさや星の数やら、日常を平凡に生きている私などには理解の範囲をはるかに超えている。数値を聞いても認識できないのである。

我が銀河系宇宙やアンドロメダ銀河のような渦巻き型のほか、いろいろの形態の銀河があり、宇宙全体の銀河の数は解っていない。この巨大な銀河が一〇〇〇万個あるとする説や、二〇〇〇億個あるとする説もある。

アンドロメダ銀河一つでもその大きさや構成する天体の数など理解不能である。その銀河が二〇〇〇億個あるといわれても、人間の認識の限界をはるかに超えた消息の話である。さらに、その全銀河を構成する天体・星の数となると、文字通り天文学的数字で、数を推計すること自体無意味である。

宇宙が誕生し、光が発せられた空間は、地球から四〇〇〇万光年先であったとされる。普通なら、その光は四〇〇〇万年で地球に到達するはずであった。しかし、光速をはるかに超えるスピードで宇宙が膨張したため、その光が地球まで届くのに数十億年を要した。

この膨大な数の全宇宙の銀河の中でも、我が銀河系宇宙は、ごくごく平凡な位置と大きさ、形状を持つ島宇宙である。この銀河系宇宙には、恒星が二〇〇〇億から四〇〇〇億個あると推定されている。太陽系の「太陽」は、勿論そのうちの一つにすぎない。

この銀河系を卓上に収まるくらいに縮小して、上から顕微鏡で念入りに観察したなら、運がよければ一、二週間で、太陽系宇宙を見つけることができるかもしれない。広大な銀河系宇宙、その隅っこに確認できる小さな星の小集団、太陽系。第三惑星である地球から太陽までの距離は、光の速度で平均八分一八秒。太陽以外の一番近い恒星、ケンタウルス座の「プロキシマ」まで約四・二光年。お隣りに行くだけで、光の速度で四年である。

地球、いや太陽系全体でも、大宇宙との比較など、サハラ砂漠全体と砂漠の砂の一粒との比較、いや、それにすら及ばないであろう。比較するということ自体に意味がないのである。

銀河系の中でさえ見つけるのが困難な太陽系、その中の恒星から三番目の天体には生命体が存在する。

全宇宙の無数ともいえる恒星の周りを回《めぐ》るこれまた無数ともいえる惑星には、少なからぬ確率で生命体が存在することは、ごくごく必然的であろう。これは、宇宙の中では無に等しい大きさの、ごくごく平凡な太陽系でさえ、第三惑星に数百万種ともいわれる多様な種、生命体が溢れていることからも、及びこれまで天体観測などから解明された事実を基に推論した宇宙の状況からして、帰納的にごくごく必然的に結論されるべきことである。

あなた方は、まさかと思うが、この途方もない大宇宙で、地球人類だけが唯一の人類であるなど と……、いや、そんなことを考えている人などいるはずがないではないか。私の絶望的なほどのペシミズムには我ながらあきれ果てる。

我々は、宇宙の大海に浮かぶ一つぶの泡のような、無にも等しい天体に生存している宇宙生物の一種にすぎない。生物として、まだまだ進化の途中であり、その証拠に、慣れない二足歩行に適応しきっていないため、腰痛に悩む者が少なくない。科学はやっと目覚めたばかりである。地球に所有権がある化石燃料を勝手に使いまくり、温暖化が進行したといって騒ぎまくっている。精神、心を持っているというが、生物としての本能に多くを支配されており、暴力的で、しばしば野蛮でさえある。いろいろな言葉で自分たちを「地球人」と呼んでいるが、宇宙で唯一の「人類」などと妄想する者さえいる。

いつの頃からか、自分たちが宇宙で唯一の「人類」であると考える妄想者が、この星の上に蔓延《はびこ》ってしまった。それは言うまでもなく「天動説」の考え方だ。しかし、「地動説」に転換した後も、この考え方が、思考するうえでの癖となって頭の中にこびり付いていた。

その結果、近代科学が目覚めた時点でさえ、地球を宇宙の中心に置いて、物事を考えるようになった。それも拙い科学で考えるものだから、しばしば信じがたい勘違いを繰り返してきた。

とにもかくにも、まず地球ありき。地球を宇宙の中心に位置づけ、観察し、観測し、思索した。

このため、地球そのものがオーソライズされ、地球がすべての基準となった。観測し得る天体も、地球を基準に位置づけられた。方法論的にはそれで正しいのであるが、考え方の習慣がすべてに及び、地球を広大無限な宇宙の中心に位置づけて、物事が考えられるようになった。

このことは、この地球生物に高慢さを与えた。自分たちだけが、この大宇宙を創造した神によってつくられたものと勝手に考え、地球どころか、宇宙の支配者のような考え方を取りはじめた。

だから、私は次のように言わざるを得ない。

人類は、未だに地球中心の「天動説」によって考えている。

（2）人類は未だに「質的判断」をしていない

第一部を執筆した友人Tが書き落としているので、というより、Tはこの問題を取り上げるだけの材料を持ち合わせていなかったので、あえて取り上げなかったのであろうが、この問題は野放しにできない。

多くの人々は、科学者を含め「質的判断」をしていない。「量的判断」の習慣が脳に染み込んでしまっている。

「質的判断」とは何かというと、あるものが、存在なのか非存在なのかの判断のことである。

つまり、存在の有無について、存在していることが合理的に説明できた場合、あるいは存在していることの客観的証拠がある場合には、そのものは一〇〇パーセント（質的に）存在していると判断することである。

この場合、そのあるものについて、その組成・構成要素が分析不十分、分析不可能などであることは、存在の有無とは別の問題であることに注意していただきたい。数十光年先の恒星の内部の組成分析は不可能だからといって、見えているその星の存在を否定できない。それどころか地球自体さえその構造・組成を正確に分析できるわけではない。が、確かに存在している。地球は、まだ未知の分野が多い。宇宙より先に世界中の全海溝を、南極の全容を明らかにする方が順序として先のような気がする。科学的に解明されているのは地球のごく一部にすぎない。だからといって、地球の存在を誰も否定しない。よく知らないのに見えているから有るといった幼児レベルの大した認識力だ。

これらは、いつの日にか科学的に詳細に分析されるであろうが、そのときを待つまでもなく、今、現に有る以上、「有る」ということにためらう者はいないであろう。

たとえば、その客観的証拠がありながら、存在の可能性は五〇パーセント、三三・三パーセントあるいは九九・九パーセントであるという命題はあり得ない。

存在するとなれば、質的にひたすら存在しているのであり、存在しないなら質的にひたすらゼロなのである。

一〇〇パーセントか〇パーセントか、いや百分率のような量的要素は不要であり、有るか無いかの質があるだけである。

当たり前の話はしないでほしいとの非難が押し寄せてきそうである。

しかし、私から言わせていただくなら、この当たり前の判断を多くの人々ができていない。量的な要素を含みながら、混乱したかたちで、他人の判断に依存した判断が少なくない。また自分で真摯《しんし》に考察もせず、考えたことすらもなしに、多分に感情的な部分で形成された判断が、日常的に行われている。

「○○は存在する」という命題に対し、「いや、そんなはずはない。科学的にバカげている。その証拠を見せてほしい」というのが代表的なやりとりだ。

誤解をされては困るので、一応言わせていただくと、「○○は存在する」という命題（ある判断を言葉で表したもの）は、勿論、ものによりけりであって、その内容は、論理的に正しく飛躍がなく、客観的な根拠を持つものでなければならない。

その主張をする者は、おそらくそれが正しい場合であれ、間違っている場合であれ、長い時間をかけ真摯に研究したはずである。

内容の真偽はともかくとして、その主張者はあるものの存在について、研究を行ったはずである。いきなり何の根拠もなく主張したとすれば、その人は思慮が足りないどころか、まったくない人だといえる。

一方、即座に否定する側はさらに思慮に欠ける人種である。そうした人は論理を使わず、感情のおもむくまま判断を下している。何の知識もなく、研究したこともなく、興味すらもったこともなく、即座に感情により判断している。

あるもの（たとえばＵＦＯ）の存在、非存在についての議論を聴いていると、存在を主張する側の提出する資料・証拠は相手を納得させることはできないし、否定する側は批判するばかりで、ＵＦＯなどが存在しないという論証をいっさい行っていない。ＵＦＯなど、存在を立証できる可能性を秘めているが、一方、「ＵＦＯは存在しない」という論証は不可能である。誰か「ＵＦＯは存在しない」ことを理論的に実証していただけないであろうか。

水掛け論にもならないお粗末な議論であって、黒船の来航ではないが、実物に、正式に登場してもらわない限り、平行線のままであろう。おかげで、テレビ局ではこの話題を、番組表の空きを埋める隙間番組として、しかもある程度の視聴率が見込める番組として企画できるわけである。

ＵＦＯの話題となったが、たとえば二〇〇四年六月一〇日午後一二時三〇分過ぎ、メキシコのハリスコ州グァダラハラ上空に数百の飛行物体が出現したことがある。警官など数百人が同時に、比較的長い時間、同一の物体を肉眼で目撃し、しかも複数のムービーやカメラなどで記録された事例を考えてみよう。

その物体は文字どおり「未確認飛行体」であった。同時に目撃した人間の数、複数のメディア媒体に記録された状況などから、有るか無いかでいえば存在していたのである。

反論としては、複数の人間の目撃については「集団催眠」状態が考えられるが、そこで交通整理をしていた警官からはじまり、移動途中の車中の人々、たまたま通りかかった歩行者、商店主や客、近隣のマンションの住人などが、おのおのの場所から、異なった角度で目撃している。この状況は、「集団催眠」説では説明・論証困難というより、この説の適用が不適当であることを示している。

確か、この事例では大きさ、形状の異なる一つの飛行物体に、ほかの飛行物体が次第に集まりはじめ、同時にホバリングの状態から、常識を越える加速で飛行し、彼方に消えていった。

このような飛行が可能な航空機としては、たとえばＶＴＯＬ機のホーカー・シドレー・ハリアー、最終型ではハリアーⅡというジェット戦闘・攻撃機があるが、ジェット噴射ノズルの方向を変え、ホバリング状態からフルスロットルで加速状態に入ったとしても、このような飛行は不可能である。

高性能のロールス・ロイス・ペガサスエンジンを二基搭載しているが、特殊な構造のため亜音速しか出せない。つまりマッハ１の速度には達しない。

仮に、映像にあるような超常識的な加速が行われたとしたら、測定不能なほどの加速Gのため機体が微塵に分解するとともに、搭乗員は数十トンのGの圧力で押しつぶされているはずである。

目撃情報をあげればきりがないが、一九五四年六月、当時のイギリスの航空会社BOCA機のUFO遭遇事件も有名な話だ。ボーイング377ストラトクルーザー旅客機が、ニューヨークのアイドルワイルド空港を離陸し、ロンドンに向かって飛行中、同旅客機のハワード機長は上空を飛ぶ巨大な葉巻型のUFOとその周囲を守るように飛ぶ小さな六機の小型UFOを目撃した。

同機とそのUFOとはしばらく平行して進み、やがてカナダのニューファウンドランド上空において、スクランブル発進したアメリカ空軍の戦闘機が接近すると、小型UFOが葉巻型の母船内に収容されるとともに母船が縮小し、やがて飛び去った。なお、この遭遇の状況は、同機のほかのパイロットや乗務員、乗客によっても目撃された。

これらは、いわゆる専門家によりプラズマなどの自然現象として分類されたが、プラズマの専門家はUFOの専門家ではない。これらの一連の動きと形、小型UFOが葉巻型の母船内に収容されたという状況をプラズマといった自然現象であるなどと臆面もなく分析するなど、精神構造が分からない。

「質的判断」としては、それらは確かに目撃されたとおりに存在したということである。

それが、何ものであって、その構造、組成物質が何であるかなどということは、現代科学では手も足も出せない消息の問題である。まだ、人間の成長過程でいうと、這《は》い這《は》い程度にすぎない現代科学の出番などない。

「質的判断」の重要性は、「そんなはずはない」「認めるわけにはいかない」といった、論理性とはかけ離れた「感情による判断」を払拭《ふっしょく》することにある。

人間誰しもが、潜在意識の中で「認めたくない事実」「不都合な事実」というものを持っている。生活の中で必要なのは平穏さ、昨日と変わらぬ常識が通用する毎日なのであって、それがくつがえることに異常なほどの恐怖感をいだいている。

だから、「認めたくない事実」に対し、恐怖心を根底に持つ感情により否定する。否定することで安心感を得る。否定することは、また容易《たやす》いことでもある。感情で否定しながら「そんなことは、論理的、科学的にあり得ない」と平気で口にできる。

「質的判断」とは、それが何ものであり、その構造、組成物質を解き明かすことを求めていない。ただ、対象の存在、非存在を論理的に、または客観的根拠により判断することである。その際、いっさいの感情的要素を排斥するものである。

近来の地球における科学文明の進歩は目を見張るものがあるが、一〇〇〇年後の地球人類から見ればは黎明期にすぎない。つい三〇年ほど前は、ワープロではなく和文タイプであったし、計算機も液晶・太陽電池式ではなく、大型の機械式「タイガー計算機」であった。

だから、論理的に存在しないという言い方は成り立つが、科学的にあり得ないという言い方は、はるか未来の進んだ文明世界でさえ、宇宙のごく一部の分野にしか使えないであろう。

（3）「質的判断」は他者に強制されることなく、その判断を行った者にとってのみ確かさを持つ

「質的判断」は、論理的または客観的根拠により対象の存在、非存在を判断するものであるが、それにもかかわらず、その「確かさ」と「意義の重要さ」は個人レベルの範囲を超えないものである。

この判断は、質的な「あれか、これか」の妥協を許さない判断であるが、各個人によって行われる判断であって、他者を巻き込んで敷延《ふえん》化してはならない。いかなる正当な論理や根拠を前にしても、納得しないでいることは個人の自由であり、「質的判断」を行った者が、自分に同意しない者を非難する資格はない。また、そもそも納得させ、同意させる必要もない。

科学は発展途上であり、多くの者は感情により判断しているのであって、自己の範囲をこえて敷延化しても何らの意味も価値も持たない。

「質的判断」が重要なのは、その個人、当事者にとって、人生の意義や目的を探究するうえで、新しい価値観と見方・観点を与えてくれる点にある。感情や習慣的な考え方、間違った常識に左右されず、理性的に、つまり合理的に判断した結果得られた知識と視点は、ことのほか貴重な宝であり、また道具である。

ある意味、VTOL機のような垂直上昇能力が与えられる場合さえあり、地べたを這って目の前の土くれだけを見ている状態から、蝶のように舞って周囲を広く見渡せる高い視点が得られることになる。そのような視点から観た状況を、地べたを這い回る者たちに説明しても所詮伝わらない話だ。

であるから、「質的判断」を他者に強制してはならない（納得しない）し、その判断を行った者にとってのみ、その確信から生じる、人生の意義や目的を探究するうえでの掛け替えのない道具となる。それは得難い新しい価値観と見方・観点なのであるが、あくまでも人生探究のうえでの道具として用いるべきものであって、そのもの自体に価値があるわけではない。

次の事例をあなたならどう判断するであろうか。どう判断されてもあなたの自由であるが、はじめから潜入観念を持たないこと、論理的に考えることの二点に重点を置いていただきたい。

「ゴーストプロジェクト」（原題 GHOST Adventures 配給、販売：クリエイティブアクザ）というアメリカのテレビ番組をご存じであろうか。

二〇〇五年にザック・バガンス、ニック・グルフが制作し、アーロン・グッドウィンが撮影を担当して、米ＣＳチャンネルで放送された心霊映像のドキュメンタリーである。これはＤＶＤで発売・レンタルされており、その気ならあなたもご自分で確認できる。

かねてから超常現象が頻発するとされるネバダ州に実在する心霊スポットで一五ヵ月間、撮影が敢行された。はじめは三人での取材であったが、一人はあまりの恐怖感からプロジェクトを降り、その映像のほとんどがわずか二人によって記録された。

この作品は、その衝撃的な内容により「ＮＹ国際インディペンデント・フィルム＆ビデオフェスティバル」においてベスト・ドキュメンタリー・グランプリを受賞した。

また同時に、その真偽を巡り、全米四大ネットワークの全局が調査に乗り出したほどの問題作となった。というのも、固定式の暗視カメラ、赤外線カメラ、調査者のハンドカメラとデジタルカメラに記録された映像が、専門家によるくわしい鑑定の結果、いっさい人為的な処理が加えられていないことが証明されたからである。

この作品に対するマスコミのコメントは次のようなものであった。

・霊の存在を証明する確実な証拠をテープは記録した。（Fox News）
・超常現象の存在に関して、最も説得力のある答えだ。（Las Vegas Weekly）
・超常現象の存在を議論することは、この作品によって無価値となった。（Las Vegas Magazine）

私もこの映像を何度も巻き戻してくわしく観察した。

ニック・グルフが機材の設置を終え、隣の部屋に移動するシーンなのだが、そのあとをグレーの人影が遅れてついていく。画面の正面には窓があり、外灯の光が明るく写っている。ニックがその地点を通過したとき、彼の頭が外灯の光をさえぎり当然のことながら外灯は見えなくなる。映像の専門家も指摘したことだが、グレーの人影は基本的に透明であり、背景の壁などが透けて見えるのだが、外灯を横切ったときその光がわずかに暗くなる。光をさえぎっているのだ。いいかえれば、そのモノは光を反射しているのだ。光子をさえぎる構成要素をもった構造体といえる。

さらにいえば、その人影は、フロアの床の上を水平に移動していた。重力の影響を受けるとともに、床の素材に入り込めず、反発され、床の表面を移動していた。

つまり、その量は計測できないが、「質量」を持っていたと推測される。

話は以上だが、ここにおいても当然ながら「質的判断」が適用される。

あるものの存在は、有るか無いかのいずれかだが、有るとあなたが判断すれば、あなたにとっては完全に有るのであり、世界観が変わるだろう。

どうせつくりものだし、そんなにタイムリーに撮影できるはずがない。それは無いとあなたが判断されるなら、それはまったく存在しないのであり、一晩寝るまでもなく、あなたの頭のかたすみから消え去るだろう。

質的判断は、その対象が科学的方法で、その構成成分、エネルギーと質量、その生成過程・消滅過程などすべてが分析されない限り、存在、非存在は個人的なレベルでの質的事実にとどまる。

ある個人にとっては人生観を変える転機となるであろうし、そうでない人々にとっては、頭のかたすみにも残らないか、心に引っかかりが生ずるか、確かに存在が認められるが価値観が変わることに恐れをいだき、心に葛藤が生まれる場合もあるであろう。

いずれも精神的に健康な反応であり、悩むべきことではなく、個人の認識の段階の相違にすぎない。それは選択の問題でさえなく、それまでの思考習慣と知識の質・量により左右される。正解というものはないが、いかに論理的に考えられるかという点で、あるいはステレオタイプ、思い込みや偏見により判断や認識が強い支配を受けていないかという点で、少なくとも自己を見直す機会になるかもしれない。

（4）多くの量の証拠が追加要求される。証拠は一つで足りる。それで「存在」の質は確定する

評論家・立花隆氏の『臨死体験』という著作の中で、心停止し、死亡していた患者が蘇生し、天井近くから医師や看護師たちの施術の様子を見ていたという事例が多数紹介されている。医学的知識、いわんや手術の術式、使用する道具や機材の名称、形、使用法など知らない患者が、どの医師や看護師たちが、それぞれどの機材、道具でどんな施術を行っていたかを正確に説明した。これは身体的死後における、脳によってつくられた精神作用以外の「思考体」の存在を裏づける証拠ともなり得る。

一方、否定する側は、それは患者の聴覚がまだ働いていて、それが事実と合致するように脳内で統合された偶然にすぎないとして、提出された事実などに集中砲火をあびせる。そのほとんどが、その分野のトウシロ（素人《しろうと》、門外漢、無知識者）であるが、そんなことはあり得ないと断言する。

騒々しいだけの水掛け論であるが、その道の専門家が登場すると何とか議論が成立してくる。臨死体験なら、脳の海馬《かいば》周辺の電気刺激で被験者は同様の体験をするといったデータが示される。

アメリカの脳神経学者ペンフィールドが、七〇年程前にてんかん患者を治療するため、頭蓋切開のロボトミーのような電気刺激による機能が回復する実験をしたことがある。このとき、ペンフィールドは好奇的な動機からも脳のさまざまな部位を刺激した。非倫理的な行為である。その際、側頭葉《そくとうよう》を電気刺激すると、患者が「自分の体が浮かんだように感じた」などという体験談を多数聞いた。ペンフィールドが、患者の側頭葉のある部位を刺激すると、その患者には「浮遊感覚」が感じられ、また、別の部位を刺激すると、「自分の魂が体から離れる」といういわゆる幽体離脱感覚が起こることが判明した。

特に、側頭葉のシルヴィス溝を刺激された患者の中には、神に逢ったと断言する者もいた。こうした実験結果が示される。

また、『臨死体験』にはアメリカのモンロー研究所での実験「幽体離脱の体験用録音テープ」が購入できることも情報提供される。

この段階で臨死体験説は否定され、くだんのトウシロたちは、感情的な判断による当てずっぽうが正しかったと拍手喝采である。

しかし、海馬周辺の電気刺激実験では説明のつかない事例が存在する。論理的に否定が不可能な事例である。それは、一、二件の事例であるが、電気刺激実験では論理的に説明が絶対不可能な事例であり、単純な側頭葉刺激説とは「質」を異にしている。掃いて捨てるほど多くの事例がある中で、この事例こそが核心部分であり、「質的判断」の対象となる。

ところが、勢いづいた否定する側は、トウシロたちを筆頭にこの核心部分を真摯に受けとめるほどの認識・論理機能を持ち合わせていない。結果、この核心部分は他の事例と同じレベルで扱われ、結論を得ないまま収束する。

なお、宗教的観点から脳の海馬について解説された文章がある。これは、宗教法人B会の五井氏の講話が、一九六六年一一月にその機関誌に掲載されたものであるが、当時の日本では臨死体験、幽体離脱など口の端《は》にもまったくのぼらなかった頃である。脳神経学者ペンフィールドの倫理違反のロボトミーでの電気刺激実験など一般人は知るよしもなかった頃である。

氏はこう解説されている。

（前略）

過去からの想念波動の蓄積は、その脳の海馬溝《かいばこう》というところにあるので、この海馬溝は、幽界霊界神界という、他の階層との交流点であるのです。

ですから想念波動の記録は、その交流点を通して、幽界から肉体頭脳に、肉体頭脳から幽界、あるいは霊界神界にと、交流してゆくのであります。

（後略）

氏は、形而上と形而下を結びつける器官を脳の海馬であると断言している。これからいくと、ペンフィールドの実験結果は、単に大脳生理学上の現象としてではなく、形而上と形而下の活動部位の一致という意味合いを持ってくる。五井氏のように、ロボトミーを行わずこのような認識にいたるものであろうか。

世の中には、確かに、多くのガセネタが存在する。遊び心からか注目をあびたいがためか、動機はどうあれニセモノの証拠が捏造《ねつぞう》されている。あるいは、事象をそのまま記録したものであっても決定力が不十分な場合が多すぎる。コンピュータ・グラフィックで再現可能なものも少なくない。

だから、人々が疑い深くなるのは当然であり、むしろ、そうした疑い深さが世の中に蔓延る迷妄や非科学的迷信、オカルティズムなどを払拭する見張り台ともなっている。そうした疑い深い人々が、世界を非常識から守ってくれているわけで、なくてはならない存在なのである。常識の見張り番である。ある意味世界の番人でさえある。

必要なことは、何かを主張しようと考えるなら、そうしたあらゆる疑いと反論に耐えうる論理か根拠を提示すべきであるということだ。それは「質」を確定するにあたり「たった一つで十分」なのであり、粗悪な根拠の「数」の多さでごまかさないことだ。

分かりやすく言えば、たとえばUFOであれ、霊であれ、撮影写真は一〇〇〇枚も一万枚も要らない。あらゆる科学的分析から「本物」と断定できる一枚の写真があれば、UFOであれ、霊であれ、存在しているという「質」が確定する。それが何であるか、組成要素、構造などは、未来の発達した科学が解明していけばよい。

臨死体験も同様だ。複数の医師や看護師、臨床検査士などが、その内容を保証し、その内容が体外離脱によってでなければ得られない事例が一例でもあれば、存在の質が確定する。それがどのようなメカニズムによっているのかは解決されるべき課題だ。人間の人生観・死生観を大きく変える問題だけに、真剣な判断態度をとっていただきたい。感情的判断はいい加減やめていただきたい。

（5）評論家・立花隆氏と公共放送が総力を結集した「臨死体験」の追加検証

立花氏のこの著作は、言うまでもなくエリザベス・キューブラー・ロスの著作とインタビュー内容を中心に書かれている。キューブラー・ロスについては、立花氏があますところなく研究し、論究しつくしている。私が何をかいわんやである。

私は、キューブラー・ロスではなく、レイモンド・ムーディについて言及したい。ムーディの著作、邦題『かいまみた死後の世界』の中で、「脳内幻覚説」では説明困難、むしろ「脳内幻覚説」の範疇を超え、この説では絶対に説明不可能な事例についてである。立花氏の著書『臨死体験』下巻四六〜五三ページにおいても、この事例が紹介されている。

それは、ワシントン大学大学院生のときに、付属病院でソーシャルワーカーをしていた、同大学教授キンバリー・クラーク・シャープの報告事例である。一九七六年当時、彼女は、アルバイトがてらソーシャルワーカーをしていたが、当のムーディでさえ判断に窮した、ある患者の臨死体験に付き合い、検証まで行うこととなった。

その患者とは、マリアという五〇代の女性で、メキシコから来た貧しい季節労働者であった。一九七六年の春、マリアは心臓発作に襲われ、救急車でワシントン大学付属病院の救急救命センターに担ぎ込まれた。

マリアは貧しく、病院に支払うお金もないため、ソーシャルワーカーのアルバイト中であったキンバリー・クラーク・シャープが、マリアの面倒を全部見ることとなった。入院して、三日目にマリアが突然心停止状態となった。そのときマリアは二階の救急治療室にいたが、騒然とする中、ベッドの周りにはいろいろな装置やモニターが運び込まれ、彼女の体には複数のチューブやワイヤーがつながれていた。

心停止警報を聞きつけ、たくさんの医者や看護師がかけつけて、あらゆる蘇生方法が施されていた。キンバリー・クラーク・シャープは、入り口のところに立って、その一部始終を見ていた。心臓マッサージ、酸素吸入、アドレナリンなどの薬剤注入、除細動器による電気ショックが次々と試みられた。

その甲斐あって、マリアは息を吹き返し、意識も回復したので、キンバリーは安心して部屋に戻った。夕方、救急治療室の看護師から、マリアが異常に興奮しており、キンバリーに会いたがっているから、すぐ来てほしいとの電話がかかってきた。

マリアは、駆けつけたキンバリーの腕をつかみ、自分の方に引き寄せると思いも寄らないことを言い出した。医者や看護師がマリアの蘇生処置を施しているとき、自分は体から抜け出して、天井付近からその一部始終を見ていたと語りはじめた。

マリアは、蘇生処置で医師たちがごったがえしている中、どの医師がどんなことを行い、どの看護師が何を行ったのかを正確に説明したのである。キンバリーは、入り口のところに立って、その一部始終を見ていたので、マリアの説明内容が正しいことはすぐ理解できた。それは驚きであった。

だが、キンバリーは「臨死体験」について、何の知識もなかったため、マリアが体から抜け出して、天井付近から一部始終を見ていたとは考えなかった。むしろ、耳からの情報が、奇跡的な確率で当時の現場の状況をそのまま正確に再現したものと考えていた。

しかし、マリアは、聴覚を通しての完全なる現場再現説では、説明のつかないことを語りだした。マリアは、医師たちの蘇生処置を上から見た後、何かほかのことをしようと思った瞬間、今度は救急治療室の窓のすぐ外にいたと言った。それは、ちょうど病院の玄関の上のあたりの空間であった。そこから、見た光景をマリアはリアルに正確に語った。

キンバリーは、マリアが病室の窓から外を見る機会があれば、あり得る話だと考えたが、マリアは心臓発作で二階の救急治療室に担ぎ込まれて以来、チューブやワイヤーでつながれており、起きあがることができないため、トイレも全部ベッドの上で看護師のお世話になっていた。外の詳しい様子どころか、窓から外さえ見たこともないのである。

マリアは、その位置から、もう一度瞬間的に移動した。そこは病院の一画であったが、彼女の病室とは別の場所であった。マリアは、病院の三階あたりの窓の外側にいた。その窓枠の下の部分がちょっと外に張り出していた。そこに、ブルーのテニス用のシューズの片一方だけが載っかっているのをマリアは見た。マリアは、さらにその靴の小指の部分がすり切れていて、靴ひもがほどけて、かかとの下にたぐり入れられているといった細かいディテールまでも語った。

マリアは、これは夢でも幻でもないから、そのテニスシューズは必ずあるはずだ。それを探して取ってきてほしいとキンバリーに依頼した。

キンバリーはマリアの真剣さにほだされ、半信半疑、どちらかというと、あり得ないことだと思いながらも、まず外に出た。そして、下から三階の窓を一つひとつ見上げながら病院をグルッと一回りした。靴らしきものはなかった。やっぱりと思いながらも、次に、念のため三階に上がり、部屋を一つひとつ訪ねて、窓のところをのぞいて歩き回った。そして靴を発見した。

その窓は三階であった。マリアの部屋は二階であった。しかも、マリアは、担ぎ込まれて以来寝たままである。その窓は病院の西側に面していた。マリアの部屋は北に面していた。

発見された靴は、ブルーのテニス用のシューズの片一方で、その靴の小指の部分がすり切れていて、靴ひもがほどけて、かかとの下にたぐり入れられていた。

ムーディたちは、同じような靴を用意し、その場所に置き、下からばかりではなく、いろいろなところから見てみたが、外側からは絶対に見えなかった。内側からも、窓を開けるか、窓のすぐそばにいかないと見えない。

この事例では、医師や看護師たちの時系列的かつ個別的かつ具体的かつ正確な蘇生処置の状況説明と実際の状況との一致が、聴覚による奇跡的な偶然の産物であると仮定しても、後半のくだんの靴の一件は、いかなる説明も不可能である。

このことを誰か説明していただきたいと私が依頼すれば、少なからぬ方が答えられるであろう。

「それは、偶然の一致であるにすぎない」

マリアの正確な蘇生処置の状況説明を含め、後半の靴の一件を考え合わせるに、偶然の可能性の確率は、数兆分の一もなかろう。しかもマリアは、確信と自信を持ってキンバリーに語り、依頼したのである。この要素もさらに確率計算の分母に含めなければならない。


このことについての私の質的判断は、次のようなものである。

「人間は肉体の死により、何らかの意識体として自らの身体から抜け出す。脳を使っていないにも関わらず、それは意識を持ち、思考能力を持つ。また、肉体の目の網膜や耳の鼓膜がないにも関わらず、可視光線での光景を詳細に見ることができ、空気の振動による音を聞くことができる。身体が蘇生するとその意識体は体内に戻り、しかも離脱状態にあったときの記憶を保持している。

その意識体が何であるか、組成要素、構造などはいっさい分からないが、そのあるものは質的に存在している」

これは、あくまでも私にとっての質的判断である。それが何であるか分からないが、肉体の死後、人間の脳と遜色ない意識レベルと認識力、思考力をもった「意識体」ともいうべきものが存在している。

つまり、脳の活動が停止しても、なおかつ自意識と認識力、記憶力を持つ何らかの存在が確固として有るということである。

そして、これは私の質的判断であって、あなたの判断ではない。この判断によって、私の人生観は劇的に変わった。つまり、死は肉体だけの消滅を意味しており、自我、自意識は継続して存在しているということだ。

このことは、次の点で人生における良い示唆を私に与えてくれた。

・わずか数十年の肉体生活だけが、人間の人生ではない。その後も、いつまでかは分からないが、自分という者が存在する以上、常に上を目指して向上していかなければないないこと

・どんなに苦しくとも、決して自殺をしてはならない。意識は継続するのであり、緩衝《かんしょう》的な役割を持つ肉体を失い、意識そのものとなれば、その苦しみは想像できないほど増幅されるであろうこと

・その「意識体」は、誕生後、身体とともに在り、身体を通じて経験する人生の中で記憶を脳と共有していること。そして、肉体の死とともに抜け出し、脳の消滅後も記憶を保持して

いること。このことから、身体を健全に保つとともに、身体が死に至るまで自己を研鑽していくことが大切であること

一方、あなた方がどのような質的判断をするのかは、当然のことながら自由であって、どう判断されようが、誰からも批判される類いのものではない。当然すぎるほどまったくの自由なのである。

そして、それは私には何の関心もないことである。私は、私自身で判断すべきことであり、あなた方は、あなた方自身で判断すべきことである。

一つ言えることは、この場合、パスカルの賭けの理論（キリスト教が正しいかどうかは分からないが、信じた方が得である。正しくなくても損はしないが、正しかったのならその恩恵は計り知れないという考え方）と同様、「意識体の継続的存在論」を肯定した方が、人生の生き方の点で「得」だということである。仮に間違っていたとしても何か損をするだろうか。脳とともに意識が消え去ったとしても、少なくとも最後まで、ポジティブに、生産的に、前向きに、肯定的に生きたのであり、それは立派な死とはいえないだろうか。

私が、肯定的に質的判断を行ったのは、マリアという人間に起こった現象が、「意識体」というものを措定《そてい》しない限り、いかなる理由をもっても説明できないからである。もしも、論理的に説明できる方がいたなら、論証していただきたい。「単なる偶然」という言葉を用いず「詭弁」

を使わず、論理の飛躍もなく論証していただきたい。

それが、可能であれば、私はいつでも自分の質的判断を撤回するつもりである。私には、こだわりがないし、論理的に正しい方を常に支持するからである。

ただ、こうした話題を扱う際に気をつけていただきたいことがある。

いかなる質的判断を行ったにせよ、何より大切なのは「怪しいオカルティズム」に走らないこと、「おかしな宗教」に引っかからないことだ。迷信、迷妄を捨て、常に、合理的に考えること。感情的判断を捨て、理論的な質的判断を行うことだ。

怪しいオカルティズムに陥ることとおかしな宗教にのめり込むことほど恐ろしいことはない。

その結果、起こった悲惨な事件は、枚挙するにいとまもないほどだからだ。

5　私と友人Kが言いたかったこと（あとがきに代えて）

①自分自身に心を向け、認識し、自分を赦し、大切にし、人生を浪費しないこと
②あなたは、あなたの身体を含め、あなたが自分の所有物だと思い込んでいるすべてが、地球からの一時的な借り物であることを肝に銘じること
③人生の視点は一つではないこと
④合理的に考えること
⑤正しい質的判断を行うこと

これだけのことである。何ら目新しいことは一つもなく、当たり前のこと以外のことを言った覚えはない。

しかし、お約束したとおり、考察にはいっさい妥協を許さず、私が思いがけなくも気づかされたことを、あなたに伝えたい一心で書き込んだつもりである。私の願いは、あなたが人生の正し

い進路に向け舵をきって、吹き渡る風を満帆に受けながら、あなたのゴールにたどり着いていただきたいということのみである。

ところで、私と友人Kが不安神経症に陥り、今にも死んでしまうような恐怖感に苦しみ、見えない相手と壮絶な闘いを行っていた頃、「パニック障害」という概念はまだなかったと記憶している。この障害やうつなどを専門に扱う「心療内科」なども記憶にない。

精神科かせいぜい内科に行くしかなかったのであるが、精神科には抵抗があった。正常な精神を持ちながら、若き日に目の当たりにした精神病院の印象が強すぎたのだ。

現在では、このような障害を発症すると、まず外へ出ることが不可能である。いわゆる「引きこもり」状態とならざるを得ない。一旦引きこもると日に日に精神が萎《な》えていく。外に出る勇気をそがれてしまうのだ。

一方、Kや私は引きこもることを許されない環境にあった。その結果、不安と恐怖にさらされながら、見えない敵から逃げ回るように徘徊していた。そして、想定していた治癒までの期間を大幅に短縮して完治してしまったのである。

M式療法という精神療法があるのだが、この療法の特徴の一つには「恐怖突入」がある。恐れているものから逃げ回るのではなく、恐れそのものと対峙し、そのものに飛び込むのである。不安や恐れは、実体をもった何物かではなく、自己の気持ちの中にある「観念」である。不安や恐れの気持ちを患者に強く迫る強迫観念なのである。

私とKは、「引きこもり」が許されない状況の中で、不安や恐怖から逃げ回っていながら、実はその不安や恐怖と対峙させせられていたのだ。逃げようにも、敵は自分の中にいる。どこへ逃げても、相手は同時についてくる。結果的に、「恐怖突入」していたのである。

単なる「観念」にすぎないものを恐れているだけではないか、という批判はもちろん的はずれである。この観念こそ人間にとって最も恐るべきものなのだ。

外からの脅威については、原始人の頃から培ってきたDNAは、人類に存外に強い抵抗力や対抗手段を与えてくれている。

本当に恐れるべきは、故開高健氏の言にあるとおり、内なる心であるのかもしれない。それは、時として、常識を超えた破天荒な発想から、内側から、あるいは思いもよらない方向から人類に危機をもたらす可能性を孕《はら》んでいるからだ。


さて、あなたの出航の時刻は予定どおりであろうか。

私はというと、海図とコンパス、気象情報をもとに風を読み、行程表を組んで寄港を繰り返しながら、はるか水平線の彼方に見いだした目的地に向かい、風向きに応じてジブセールとメインセールを操り、舵をとり、パスカルの賭けの理論を実践しながら、今現在、5ノットの速度で風に乗りつつあるところである。

ヨットなどの帆船は順風を帆に孕んで進むのは勿論であるが、逆風に向かって進むことができる。航空機の翼同様に揚力を利用し、斜め斜めと進んでいくのであるが、逆風が強いほど早く、力強く進むものだ。それには、高いスキルと体力・精神力が必要なことは無論である。

お互い、いい滑《すべ》り出しではなかろうか。何も恐れるものなどないのだし、失うものもないのである。人生を無駄に失わないための船出である。

かつて、神が愛する人間とはどのような人間なのかと、悟りに到達した師に問うた者がいる。

師は微笑みながらはっきりと答えた。

「明るくて、優しくて、勇気のある人間である」

お互いの勇気に、ボン・ボヤッジ。

引用・参考文献

『フランクル著作集「夜と霧」、「死と愛」、「神経症Ⅰ」、「神経症Ⅱ」』ヴィクトール・エミール・フランクル著　霜山徳爾訳　みすず書房
『森田療法』岩井寛著　講談社
『フランクルに学ぶ』斎藤啓一著　㈱日本教文社
『原初からの叫び―抑圧された心のための原初療法』アーサー・ヤノフ著　中山善之訳　講談社
『かいまみた死後の世界』レイモンド・A・Jr．ムーディ著　中山善之訳　評論社
『かいまみた死後の世界2』レイモンド・A・Jr．ムーディ著　駒谷昭子訳　評論社
『前世療法（一、二）』ブライアン・L・ワイス著　山川紘矢・亜希子訳　PHP研究所
『臨死体験（上、下）』立花隆著　文藝春秋
『宗教的経験の諸相（上、下）』ウイリアム・ジェイムズ著　桝田啓三郎訳　岩波書店
『宗教から科学へ』バートランド・ラッセル著　津田元一郎訳　荒地出版社
『死ぬ瞬間』エリザベス・キューブラー・ロス著　川口正吉訳　読売新聞社
『続　死ぬ瞬間』エリザベス・キューブラー・ロス著　川口正吉訳　読売新聞社
『新　死ぬ瞬間』エリザベス・キューブラー・ロス著　川口正吉訳　読売新聞社

『「死ぬ瞬間」と「臨死体験」』エリザベス・キューブラー・ロス著　川口正吉訳　読売新聞社
『キルケゴール著作集』セーレン・オービェ・キルケゴール著　浅井真男、飯島宗享、桝田啓三郎、杉山好、松浪信三郎他訳　白水社
『ドストエフスキー全集』フョードル・ミハイロヴィチ・ドストエフスキー著　小沼文彦訳　筑摩書房
『ガン病棟（上、下）』アレクサンドル・ソルジェニーツィン著　小笠原豊樹訳　新潮社
『イワン・デニーソヴィチの一日』アレクサンドル・ソルジェニーツィン著　木村浩訳　新潮社
『世界の名著「アウグスティヌス」』アウレリウス・アウグスティヌス著　山田晶　編訳　中央公論社
『エチカ（上、下）』ベネディクトゥス・デ・スピノザ著　畠中尚志訳　岩波書店
『神学政治論（上、下）』ベネディクトゥス・デ・スピノザ著　畠中尚志訳　岩波書店
『パンセ』ブレーズ・パスカル著　前田 陽一、由木 康訳　中央公論社
『パスカル』前田 陽一著　中央公論社
『孤独な散歩者の夢想』ジャン・ジャック・ルソー著　青柳瑞穂訳　新潮社
『存在への勇気』パウル・ティリッヒ　著　谷口美智雄訳　新教出版社
『義と憐れみ』ラインホールド・ニーバー著　梶原寿訳　新教出版社
『神』ハインリッヒ・オット著　沖野政弘訳　新教出版社

『人間』ユンゲル・モルトマン著　蓮見和男訳　新教出版社
『死』エーベルハルト・ユンゲル著　蓮見和男訳　新教出版社
『自己暗示』エミール・クーエ、C・H・ブルックス著　河野徹訳　法政大学出版局
『西洋哲学史（Ⅰ古代、Ⅱ中世、Ⅲ近代、Ⅳ現代）』J・ヒルシュベルガー著　高橋憲一訳　理想社
『実存主義辞典』松浪信三郎、飯島宗享編著　㈱東京堂出版
『道は開ける』デール・カーネギー著　香山晶訳　創元社
『人を動かす』デール・カーネギー著　山口博訳　創元社
『老子講義』五井昌久著　白光真宏会出版局
『延命十句観音経霊験記』白隠慧鶴著　伊豆山格堂編著　春秋社
『白隠禅師―健康法と逸話』直木公彦著　日本教文社
『夜船閑話講話』大西良慶著　大法輪閣
『禅のすすめ』佐藤幸治著　講談社
『チャクラ』C・W・リードビーター著　本山博、湯浅康雄訳　平河出版社
『チャクラ―異次元への接点』本山博著　宗教心理学研究所出版部
『永遠の大道』G・カミンズ著　浅野和三郎訳　潮文社
『神智学大要（一～五）』A・E・パウエル著　仲里誠桔訳　たま出版
『油彩画の技術』グラヴィエ・ド・ラングレ著　黒江光彦訳　美術出版社

『Christianity and Culture（キリスト教と文化）』T. S. Eliot（Paperback - April 11, 1960）
『Die Kritik Der Reinen Vernunft（純粋理性批判）』Immanuel Kant, J. Timmermann, H. Klemme
なお、Kritikを「批判」と単純に訳したことは、日本人に無用の混乱を招いた。カントは純粋理性を批判しているのではなく、「論じて」いるのである。「純粋理性論」と訳すべきである。
『Sein und Zeit（存在と時間）』Martin Heidegger, Thomas Rentsch
ＤＶＤからの引用資料『ゴーストプロジェクト』（原題 GHOST Adventures 配給、販売：クリエイティブアクザ）

田中秋陽子（たなか　あきひこ）

昭和30年山梨県に生まれる。画家ルーベンスに憧れ、宗教画家を志して、立教大学キリスト教学科に学ぶ。そこで神学、哲学と出会い、画家志望から一転して研究者の道を目指す。他大学の大学院哲学課程に進学するも授業料を全て書籍代に使い果たし滞納、１年で除籍処分となる。画家の道も研究者の道も閉ざされたまま失意の内に帰郷。人生を公のために尽くそうと思い直して、山梨県庁に入庁し現在に至る。

沖縄《おきなわ》病《びょう》末期《まっき》病棟《びょうとう》の朝《あした》
——不安《ふあん》神経症者《しんけいしょうしゃ》の散歩《さんぽ》

二〇一〇年三月二五日　第一刷発行

定価はカバーに表示してあります

著　者　田中秋陽子《たなかあきひこ》
発行者　平谷茂政
発行所　東洋出版株式会社
〒112-0014　東京都文京区関口1-23-6
電話　03-5261-1004（代）
振替　00110-2-175030
http://www.toyo-shuppan.com/
印　刷　モリモト印刷株式会社
製　本　根本製本株式会社

ISBN978-4-8096-7618-5